第四次聖杯戰爭祕譚
Fate Zero
1
Gen Urobuchi
虛淵玄(Nitroplus)
Illustration
武內崇・TYPE-MOON

Cover Illustration/ Takashi Takeuchi (TYPE-MOON)
Coloring/ Shimokoshi (TYPE-MOON)
ACT Illustrations/ Shimokoshi (TYPE-MOON), IURO
Logo design/ yoshiyuki (Nitroplus)
Design/ Veia
Font Direction/ Shinichi Konno (TOPPAN printing Co.,Ltd)

Fate/Zero 1

In the battleground, there is no place for hope. What lies there is just cold despair
and a sin called victory, built on the pain of the defeated.
The world as is, the human nature as always, it is impossible to eliminate the battles. In the end, killing is necessary evil–and if so, it is best to end them in the best efficency and at the least cost, least time. Call it not foul nor nasty. Justice cannot save the world. It is useless.

衛宮切嗣
艾因茲柏恩家雇用的「魔術師殺手」

言峰綺禮
獵殺異端的聖堂教會代行者

遠坂時臣
魔術師望族遠坂家現任家主，以到達「根源」為畢生夙願

間桐雁夜
放棄家主繼承權而逃離間桐家的男人

愛莉斯菲爾・馮・艾因茲柏恩（Irisviel von Einzbern）
艾因茲柏恩家煉製的人造人（homunculus），切嗣的髮妻

伊莉雅斯菲爾・馮・艾因茲柏恩（Illyasviel von Einzbern）
切嗣與愛莉斯菲爾的女兒

韋伯・費爾維特（Waver Velvet）
隸屬於「時鐘塔」的見習魔術師，奪取導師的聖遺物挑戰聖杯戰爭

肯尼斯・艾梅羅伊・亞奇波特（Kayneth El-Melloi Archibald）
隸屬於「時鐘塔」的菁英魔術師，韋伯的導師

雨生龍之介
個性純真的享樂殺人魔

Saber
騎士王。真實身分是亞瑟・潘德拉剛（Arthur Pendragon）

Archer
英雄王。人類史上最古老的英靈・基爾加梅修（Gilgamesh）
在現實世界降臨的形體

Rider
征服王。在古代世界獨霸一方，古代馬其頓王國的伊斯坎達爾王
（Iskandar），期望能親眼看到「世界盡頭之海」（Okeanos）

Assassin
傳說中暗殺者的始祖，山中老人哈桑・薩巴哈（Hassan Saggah）的英靈

Caster
自稱為「藍鬍子」的英靈，真實身分是——

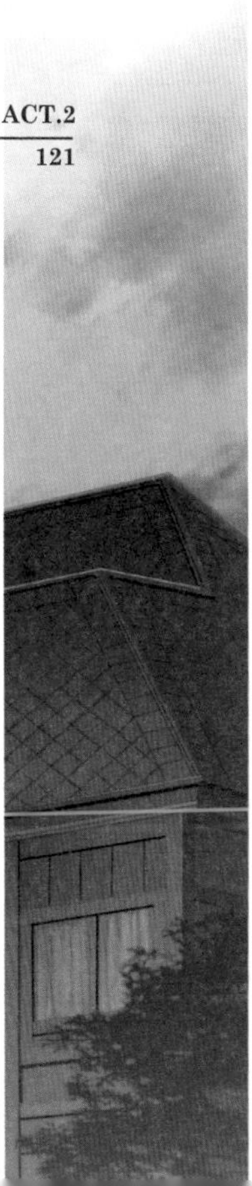

序章

——八年前——

來說說某一個男子的事吧。

這是一名為了實現自己的理想，比任何人付出更多，卻也因此深感絕望的男子的故事。

那名男子的夢想很單純。

他只不過有個願望，衷心希望人人都能過得幸福快樂罷了。

每個少年都曾經懷抱過這個夢想，但是當他們明白現實的殘酷之後就會放棄，捨去這種幼稚的理想。

無論何種幸福都需要付出犧牲做為代價。所有孩子在成長的過程當中都會學到這個再簡單不過的道理。

可是那名男子卻不一樣。

或許他不如世人聰明；或許是他的腦袋哪裡不正常；也或許因為他是那種稱為聖者的人，身懷超脫凡俗的天命。

當他領悟到這世上所有的生命都放在「犧牲」與「救贖」的天秤上，並且絕對無法清空其中任何一方秤盤的時候……

從那一天起，他決心成為天秤的支配者。

如果想要更有效、更確實地減少人世間的悲傷怨嘆，就只有一個方法。

為了拯救人數較多的秤盤而放棄人數較少的秤盤，即使只相差一個人。

這是為了讓多數人生存而殺盡少數人的行為。

因此男子愈是救人，殺人技巧就愈精深。

他的雙手染上一道又一道的血腥鮮紅，可是卻從不畏懼退縮。

不論手段正當與否；不問目的是非與否。男子要求自己成為一柄公平無私的天秤。

絕對不可錯估生命的分量。

一條生命沒有貴賤、不分老幼，只是一個定量的單位。

男子拯救生命一視同仁。同樣地，他殺人也不分善惡良莠。

可是當他發現的時候已經為時已晚。

平等重視所有生命同時也代表不愛任何一個人。

如果他能早點將這一條鐵則銘記在心的話，或許還有辦法獲得救贖。

如果他早一點凍結自己年輕的心靈，使之壞死，讓自己成為一台無血無淚的量測機器，或許就能一輩子只是冷冷地挑選生人與死者，而不需要為此而苦惱了吧。

可是那名男子並不是這種人。

別人歡喜的笑容讓他的心靈感到滿足；別人慟哭的聲音讓他的精神感到震撼。

他心中懷著對憾恨感情的憤怒，無法坐視他人哀傷的淚水。

雖然追求超越人世常理的夢想，但是他卻保有太多的人性。

這種矛盾不曉得多少次折磨著男子。

有時候是友情、有時候是愛戀。

即使是他深愛的一條生命與其他無數陌生的生命放在天秤左右，他也從不曾偏頗。

就算愛上某個人，他仍然會將那個人的生命與他人同等看待、同等珍惜，也同等捨棄。

他總是一再邂逅自己珍惜的人，卻又一再失去他們。

而現在，他將要面臨最嚴苛的懲罰。

窗外風雪結冰，這是一個讓森林大地也為之凍結的極寒之夜。

一座建造在凍土之地的城堡中，有一個房間正在壁爐溫暖爐火的守護之下。

在如此溫暖的空間當中，男子抱起一個新誕生的小生命。

那個嬌小又孱弱的小小身軀並沒有男子當初預料的那樣沉重。

抱起來的感覺如同手中掬起一抔初雪，彷彿只要稍微輕晃就會崩落，纖細地讓人害怕。

脆弱但是努力活著的生命在睡眠中保持自己的體溫，小嘴因為徐緩的呼吸而微微歙動。胸口的鼓動雖然細微，但已經是小生命此時的極限。

「不要擔心，她正在睡覺呢。」

母親仍然躺在床上，微笑著注視男子抱起嬰兒的模樣。

雖然母親還沒從分娩後的疲勞中恢復精神，氣色不佳。但是她那讓人聯想到高貴寶石的美貌卻絲毫不見清減。臉上的幸福神色掩去憔悴的疲態，讓她溫柔的眼神與微笑更加燦爛。

「不管經驗再老到的保母抱，她都會哭鬧，這還是第一次乖乖讓人這樣抱著。她一定知道你是個溫柔的人，感到很放心吧。」

「……」

男子沒有回話，只是呆呆地看著手中的嬰兒與床褥上的母親。

自己何時看過愛莉斯菲爾（Irisviel von Einzbern）的笑靨如此燦然。

愛莉斯菲爾原本就是一名和幸福無緣的女性。她是一名人造人（homunculus），她的生命並非源自於上帝之手，而是經由人工所製造的。從來沒有任何一個人想過要教導她什麼是幸福的感情。這也是理所當然的，連愛莉斯菲爾自己也從未想過獲得幸福，她像個人偶般被創造出來、像個人偶般被撫養長大。對過去的她而言，她甚至不明白幸福這句話是什麼意思。

如今她的臉上正洋溢著美滿的笑容。

「能夠生下這孩子真是太好了。」

愛莉斯菲爾・馮・艾因茲柏恩流露出慈愛的眼神，凝視安眠的嬰兒靜靜說道。

「將來這孩子無法以真正人類的身分活下去，可能會過得很辛苦。說不定她還會詛咒自己為什麼被我這個不正常的假人類生下，可是現在我還是覺得好高興。我深愛這孩子，也以她為榮。」

那孩子的外表沒有什麼特殊，看似只是一個可愛的寶寶。

可是當小寶寶還在母親子宮裡的時候就已經接受過好幾次魔術處理，身體構造早已被重新改造，與普通人類相去甚遠，甚至更甚其母親。小寶寶的身體雖然剛出生，但是用途早已經決定，可以說是魔術迴路的集合體。這就是愛莉斯菲爾的愛女的真面目。

即使這孩子的出生背景如此殘酷，愛莉斯菲爾仍然接納她的存在。她肯定生下孩子的自己，也肯定自己生下的女兒。愛莉斯菲爾愛惜女兒的生命，把她的生命當作自己的驕傲、以她的生命為喜悅。

那股堅強、高貴的意志，毫無疑問正是一名「人母」的心靈。

原本只不過如人偶般活著的少女得到愛情成長為女人，現在更成為人母而得到堅韌無比的力量。這就是一種任何人都無法剝奪的「幸福」吧。母女倆的寢室在壁爐的暖意之下遠離世上所有絕望與不幸。

可是——男子早已經知道。自己所屬的世界就有如窗外這場狂亂的暴風雪一樣。

「愛莉，我——」

每吐出一句話，男子的胸口好像有一把刀刃戳刺。這把利刃正是懷中幼子安穩沉睡的臉龐，以及人母燦爛的笑容。

「——總有一天，我會害妳喪命。」

聽到男子撕心裂肺般的沉痛宣言，愛莉斯菲爾的表情依舊安詳，點頭說道：

「我都知道。這正是艾因茲柏恩（Einzbern）家長久以來的願望，我就是為此而存在的。」

這是已經註定的未來。

八年後，男子將會帶著妻子遠赴死地，愛莉斯菲爾將會成為拯救世界的活祭品，為了男子的理想而犧牲生命。

他們兩人已經談論過這件事情無數次，雙方都已經有了心理準備。

男子為此一次又一次地流淚、詛咒自己。愛莉斯菲爾一次又一次地原諒他、激勵他。

「因為瞭解你的理想，心中懷想同樣的心願，所以才有現在的我。你引導我，讓我有了另一種生命意義，而不只是像個人偶般活著。」

為了相同的理想而生，為了相同的理想而死，以這種方式成為男子的半身。這就是屬於愛莉斯菲爾的愛。正因為是她，男子也因此能夠接納彼此。

「你不需要為我感到哀傷，因為我早已經是你的一部分。所以你只要忍受失去自身一部分的痛楚就可以了。」

「……那這孩子怎麼辦？」

嬰孩的體重輕如羽毛，可是另一種完全不同於這份重量的沉重負荷卻壓得男子兩腿震顫。

這孩子對他提倡的理想毫無概念，也沒有任何心理準備。

這孩子還無法評斷男子的生命理念是否正確，也沒有能力諒解與接納。

可是即使是如此純潔無瑕的生命，恐怕也不能容忍他的理想吧。

一條生命沒有貴賤、不分老幼，只是一個定量的單位——

「我……沒有資格抱這孩子。」

男子勉強擠出一句話，心中幾乎因為狂亂奔騰的憐愛而潰堤。

一滴淚水落在懷中嬰兒粉嫩柔滑的臉頰上。

男子發出無聲的嗚咽，終於屈膝跪地。

為了根除人世間的無情，男子決心變得比這個世間更加無情……可是對有了摯愛之人的他來說，這是最沉重的懲罰。

愛她更甚於世上任何一個人。

為了守護她，甚至毀滅世界也在所不惜。

可是他很明白，如果自己堅信不疑的正義需要付出這條純真生命做為犧牲的時候。

他，這名叫做衛宮切嗣的男子，將會做出何種決定。

切嗣痛哭，懷中的溫暖體溫讓他的胸口感到被緊緊地掐住。他對不知何時將會到來的那一天感到害怕，對那萬分之一的可能性感到畏懼。

愛莉斯菲爾從床上撐起上半身，將手輕輕放在悲泣的丈夫肩膀上。

「不要忘記。你的理想正是一個再也沒有人會像這樣哀泣的世界，不是嗎？

還有八年……你的戰鬥將會在八年後結束，屆時你和我的理想就會實現，聖杯一定會拯救你的。」

妻子完全了解丈夫的苦惱，以深邃無盡的溫情接納他的淚。

「等那一天過後，請你以一名平凡父親的身分，抬頭挺胸，再好好地抱一抱這孩子——伊莉雅斯菲爾（Illyasviel）。」

——三年前——

根據神祕學的說法，有一股力量存在於這個世界的外側，位於次元論的頂點之上。

那正是所有魔術師的渴望——『根源之渦』，一切物事起點的座標……傳說『根源之渦』是萬物的發源，亦是終點。那裡記錄著世上所有的一切，也是創造世上萬物的神靈之座。

大約在兩百年前，有一群人開始嘗試前往那片「世外之地」。

艾因茲柏恩、魔奇理（Makiri）、遠坂。這群被稱為初始三大家的人們試圖重現諸多傳承故事當中描述的『聖杯』。為了召喚出能夠實現任何願望的聖杯，三大家的魔術師彼此提供家族祕傳的術法，終於讓萬能之釜·聖杯出現在世上。

……可是當眾人了解聖杯只能實現一個人的願望時，合作關係瞬間變成以血洗血的鬥爭殺戮。

這就是『聖杯戰爭』的濫觴。

自此以六十年為一週期，聖杯會再度出現在當初的召喚地『冬木』。

聖杯會選出七名有資格擁有它的魔術師，將它龐大魔力中的一部分各自分配給這七人，使他們有能力召喚一種被稱為『從靈』的英靈，這是為了讓這七位魔術師以生死決鬥的方式決定誰真正適合成為聖杯的使用者。

——簡單來說，言峰綺禮所聽到的說明大致就是這些內容。

「在你右手上顯現的紋樣稱為『令咒』，這是聖杯選上你的證明，也是聖杯賜予你用來統馭從靈的聖痕。」

這名自稱遠坂時臣的人以一抹流暢清朗的嗓音繼續說明。

這是一棟位於義大利南方薩雷諾（Salerno）小山丘上高級地段的豪華別墅，此時房內有三名男子正坐在休閒椅上。綺禮與時臣，以及引見他們兩人見面，促成這次會談的神父言峰璃正……他也就是綺禮的親生父親。

綺禮的父親已經年近八十，以父親的友人來說，這個名叫遠坂的獨特日本人實在太過年輕。從外貌看起來年紀雖然與綺禮相去不遠，但是穩重的丰采與威嚴氣質使他看起來氣度不凡。聽說他的家族在日本是血統源遠流長的名門家系，而這棟宅邸也是他的別墅。但是最讓綺禮感到驚訝的是，遠坂在兩人第一次見面的時候便淡淡地自稱是『魔術師』。

魔術師這三個字本身沒有任何奇妙怪異之處。綺禮與父親都是聖職者，但是他們父子的職責與一般世間所認知的「神父」在性質上大相逕庭。綺禮父子所屬的『聖堂教會』身負將不屬於教義範圍內的奇蹟或神祕事件，烙上異端的烙印並且抹除的責任。也就是說站在綺禮的立場上，他必須禁止魔術這種瀆神的行為。

魔術師們則自己糾集起來，創立一個稱為『協會』的自衛團體以抵抗來自於教會的威脅。

雖然現在雙方已經締結協定而維持著短暫的和平。但是在一般狀況之下，聖堂教會的神父與魔術師根本不可能共聚一堂議事。

聽父親璃正說，遠坂家雖然是魔術師家族，但是其家系自古以來便與教會頗有淵源。

綺禮是在昨天晚上發現右手背上浮現出三道像是紋章一樣的斑痕，與父親一番討論後，隔天一大清早，璃正就把兒子帶來薩雷諾與這名年輕的魔術師會面。

三人隨意寒暄幾句過後，時臣便將剛才那段關於『聖杯戰爭』的祕密解釋給綺禮聽。浮現在綺禮手背上的斑痕所代表的意義……也就是說三年後，當聖杯第四度出現的時候，綺禮同樣也有權力爭取這件奇蹟許願機。

綺禮自己對上戰場這件事並沒有任何抗拒或不滿，他在聖堂教會的工作就是在現場直接排除異端。換句話說，他是一名身經百戰的戰士，與魔術師一搏生死甚至可以說是他的本分。矛盾的是身為聖職者的他竟然必須以「魔術師」的身分參加聖杯戰爭這場魔術師之間的競爭，這才是問題所在。

「聖杯戰爭實際上就是將從靈當作使魔驅使的戰鬥。因此為了戰勝，需要某種程度的召喚師素養……一般來說，聖杯選出來成為從靈之主的七個人應該都是魔術師才對。像你這樣與魔術無緣的人這麼早就被聖杯選上，可以說是極為稀少的例子吧。」

「聖杯選擇人選有優先順序嗎？」

直到現在綺禮還是無法完全接受。對於他的疑問，時臣頷首道：

「剛才我提到過『初始三大家』──也就是已經改名為間桐的魔奇里一家，還有艾因茲柏恩家與遠坂家。屬於這三個家族的魔術師可以優先獲得令咒，也就是說……」

時臣伸出右手，展示刻印在手背上的三道紋樣。

「身為遠坂家現任家主，我也會參加下次的戰爭。」

這麼說來，眼前這男人雖然現在如此親切、仔細地指導綺禮，可是在不久的將來綺禮卻要與他在戰場上廝殺嗎？真讓人不解，但綺禮還是繼續提出下一個問題。

「剛才你說的從靈究竟是指什麼？召喚英靈當作使魔又是什麼意思……？」

「你可能會覺得很難以置信，但我說的都是事實。這一點應該就是聖杯最讓人覺得不可思議的地方。」

在人類的歷史或是故事傳承中有許多奇人與偉人留下不朽傳說，成為人們亙久不變的記憶。那些人死後超脫人類的範疇，升格到達精靈的領域，就稱為『英靈』。

英靈與魔術師一般當作使魔使喚的魑魅魍魎或怨靈屬於完全不同的層次。具體說來，英靈的靈格相當於神祇等級。一般狀況之下頂多只能借用英靈部分的力量，想要讓祂們在現實世界現身以供驅策根本是不可能的事情。

「而聖杯的力量能夠將不可能變成可能。仔細想一想，你就能了解聖杯是多麼偉大的寶具了吧。因為就連英靈召喚也只不過是聖杯力量的一小部分罷了。」

說到此處，遠坂時臣自己彷彿也震懾於聖杯之力的神奇，深深地吐了一口氣，搖頭說道：

「近至百年、遠至神話時代，從過去與太古世界召喚英靈。七位英靈跟隨七位召主，守護自己的召主，除去敵方召主……各個時代、各個國家的英雄在現代復甦，彼此交鋒一爭雌雄。這就是冬木的聖杯戰爭。」

「……就這樣在住著好幾萬人的都市裡展開這種超乎常理的戰鬥嗎？」

隱藏自己的存在是所有魔術師共通的理念。在這個把科學當作普世唯一信仰原則的時代中，他們會有這層考量也很正常，就連聖堂教會的存在也一樣不為外界所知。

但是光只是一名英靈就身懷足以造成嚴重災害的力量，把七位可說是英靈實體的從靈當作武器彼此攻殺……這幾乎和使用大量毀滅性武器的戰爭無異了。

「——在不為人知的狀況下進行對決當然是不成文的規定。為了貫徹這一點，所以需要派任監督者。」

說到這裡，之前一直保持沉默的綺禮之父，璃正神父插話說道：

「聖杯戰爭每隔六十年舉行一次，這次已經是第四次。早在第二次聖杯戰爭開打的時候，日本文明就已經開化了。即使是偏遠的東方之地，也不能在眾目睽睽之下讓他們重複這種可怕的破壞行為。

因此從第三次聖杯戰爭開始。決定由我們聖堂教會派人監督。這是為了隱藏聖杯戰爭的存在，讓災害減到最低程度，同時要求所有魔術師遵守不在公開場合決鬥的原則。」

「由教會擔任魔術師之間鬥爭的裁判嗎？」

「正因為是魔術師的鬥爭，才需要聖堂教會介入。魔術協會的人無論如何都會被侷限在派系的框架內，無法公平執行審判。魔術協會那些人除了依賴外來的有力者之外也別無他法。

而且除了這些原因以外，這場戰爭本來就是起因於一件稱為聖杯的寶具，我們聖堂教會當然也不能袖手旁觀。因為那也有可能是曾經盛裝過神子寶血的『真品』也說不定哪。」

璃正與綺禮父子倆皆隸屬於一個稱作第八祕蹟會的部門。第八祕蹟會在聖堂教會中負責管理與回收聖遺物。眾多民俗故事或傳承當中都有稱作聖杯的寶物出現，尤其在教會的教義之中，『聖杯』所占的分量更重。

「因此當第三次聖杯戰爭在蔓延全球的兵禍之中開打的時候，當時還是年輕小夥子的我就接下了這份重責大任。下次的聖杯戰爭也是繼續由我擔任裁判，前往冬木之地監督你們的戰鬥。」

聽到父親所言，綺禮心中不禁感到疑惑。

「請等一下。由聖堂教會派遣的監督者不是要能公平裁決的人選嗎？由聖杯戰爭參加者的親人擔任裁判豈不是違背原則？」

「原則是原則。這個嘛……應該說是規定的盲點吧……」

一向嚴肅的父親難得地露出了耐人尋味的微笑，讓綺禮心中不太能接受。

「言峰先生，快別捉弄您兒子。我們差不多該進入正題了。」

遠坂時臣催促老神父繼續說下去，言語中別有他意。

「嗯，你說的是……綺禮，剛才我們跟你說明的只不過是聖杯戰爭『表面上』的事情。今天我要你來和遠坂先生見面是有其他原因的。」

「……您的意思是……？」

「事實上我們很久以前就已經掌握證據，證明出現在冬木的聖杯與『神之聖子』的聖遺物是不一樣的物品。他們在冬木爭紅了眼的東西，不過是原本存在於烏托邦（Utopia）的萬能之釜的複製品。這項寶具只對魔術師有用，與我們教會毫無任何淵源。」

果不其然。若非如此，聖堂教會豈會甘願當個「監督者」這種不慍不火的小角色。倘若事情與「聖遺物的聖杯」有關，就算撕毀停戰協定，聖堂教會也一定會把它從那些魔術師的手中奪過來。

「如果聖杯依照它原本的存在目的，用來當作前往『根源之渦』的道具也就罷了，與我們教會也沒什麼關係，因為魔術師對『根源』的渴望並沒有特別牴觸到我們的教義。

——可是因為冬木的聖杯太過於強大，我們也不能就這樣袖手不管。再怎麼說它仍然是一個無所不能的許願機器。要是落入錯的人手中，誰知道會招致何種可怕的禍端。」

「那麼只要把它當作異端加以排除的話……」

「這一點也是不易。魔術師們對這個聖杯的執著非同小可，要是教會直接提出審問的話，免不了要和魔術協會發生衝突。這樣我們要付出的犧牲太大了。倒不如退一步，如果能把冬木的聖杯託付給『合適人選』的話，那是再好不過。」
綺禮漸漸了解這場會面的真正目的所在，同時也明白為什麼父親會與遠坂時臣這名魔術師結交往來。
「……原來如此。」
「遠坂家族過去在祖國受到宗教迫害的時候就和我們一樣徹底堅守教義。關於時臣本人的人格，我可以拍胸脯保證。更何況他使用聖杯的目的非常明確。」
遠坂時臣點頭，接著璃正的話題繼續說道：
「『前往根源』。我遠坂家的大願除此無他。可是讓人遺憾的是從前與我們有志一同的艾因茲柏恩和間桐隨著世代交替逐漸步入歧途，現在已經完全遺忘當初的目的。更遑論三大家以外那四名從外界找來的魔術師，不知道他們是為了何種卑劣的私願而妄想得到聖杯。」
也就是說聖堂教會只能容許遠坂時臣持有聖杯。綺禮終於明瞭自己要扮演何種角色了。
「那麼我只要參加下次的聖杯戰爭，協助遠坂時臣先生獲勝就可以了吧？」
「正是如此。」
會談至此時，遠坂時臣的嘴角終於露出微微的笑意。

「表面上我們當然要表現出像是爭奪聖杯的敵人一樣。私底下則並肩作戰，齊力驅除並殲滅其餘五位召主，確實掌握勝利之機。」

璃正對時臣的這番話點頭稱是。聖堂教會的公平審判早已淪為空談，教會組織參與這場戰爭同樣也有自己的打算。

即使如此，這件事對綺禮來說沒有是非對錯。既然教會已然表態，身為代行者，他的工作就只是忠實完成教會的意志。

「綺禮，我要請你以派遣的形式轉任到魔術協會，成為我的徒弟。」

遠坂時臣接著以事務性的口吻繼續說道。

「……轉任嗎？」

「正式任命書已經下來了，綺禮。」

璃正神父說著，遞出一封信函。這是由聖堂教會與魔術協會聯名發文給綺禮的通知書，行事效率之速，著實讓綺禮驚訝得無言以對。在這短短一、二天之內事情竟然進展得如此快速。

到最後，整件事情的發展始終毫無綺禮置喙的餘地，不過他沒有理由表示不悅，綺禮對這件事打一開始就沒有任何個人意見。

「你暫時要在我日本的家裡埋首苦練魔術。下一次聖杯戰爭在三年後，在那之前你必須成為一名有能力當上召主，帶領從靈參戰的魔術師才行。」

「可是這樣真的行得通嗎？我公然成為你的弟子，在之後的戰爭當中難道不會有人懷疑我們有合作關係嗎？」

時臣露出一絲冷笑，搖頭說道：

「你不了解魔術師這種人。利害關係衝突的師徒最後發展到互相殘殺，在我們的世界是家常便飯。」

「原來如此。」

綺禮雖然不認為自己完全了解魔術師，但是他已經充分掌握魔術師的行事風格。他身為代行者，過去曾經好幾次和魔術師兵刃相向。在他手上慘敗的魔術師可不只有一、二十人之數。

「好了，你還有其他問題嗎？」

最後時臣如此問道。綺禮提出一個關於聖杯戰爭起源最基本的問題。

「我只有一個問題。你說召主的選項是根據聖杯的意志，請問這究竟是什麼意思？」

這個問題似乎完全出乎時臣的意料之外。魔術師蹙眉，沉默了一陣子後回答道：

「聖杯是……當然會優先選擇真正需要聖杯的人為召主。關於這一點，最直接的例子就是剛才說過的包括我們遠坂家在內的三大家。」

「你的意思是說所有召主想要得到聖杯都是有什麼理由嗎？」

「也不盡然。聖杯現世需要有七名召主，如果顯現時機將近，人選卻還尚未湊齊的話，令咒就會出現在原本不會被挑中的非正規人選身上。過去似乎也曾經發生過這種例子……原來如此。」

說著說著，時臣似乎想到綺禮的疑點是什麼了。

「綺禮，你還在懷疑為什麼自己會被選上是嗎？」

綺禮點頭。不管怎麼絞盡腦汁，他都想不到自己有什麼理由會被許願機看上。

「嗯，這件事的確很奇怪。說到你和聖杯之間的關係，大概只有令尊曾經擔任過監督者這一點吧……不過換個想法的話，或許這就是你被選上的原因。」

「你的意思是……？」

「聖杯可能早已經知道聖堂教會將成為遠坂家的有力後盾。教會的代行者取得令咒的話，那個人就能助遠坂家一臂之力。」

說完，時臣彷彿很滿意似地頓了一頓。

「意思就是說，聖杯為了賜與我遠坂家兩人份的令咒，因此選上了你這個召主……如何？這個說法能夠解釋你的疑惑嗎？」

時臣以如此充滿傲氣的口吻做出結論。

「……」

這種傲慢的自信確實很適合這名叫做遠坂時臣的男子。在他身上具備匹配這種狂傲的威嚴氣勢。

以魔術師來說，他的確是個極為優異的人物，而且有著與優秀才能相符的自負。因此想必他從來沒有對自己的判斷存疑過吧。

也就是說，現在再怎麼繼續問下去，也得不到比時臣剛才的回答更正確的答案了。綺禮如此下了結論。

「我們什麼時候出發前往日本？」

綺禮不讓心中的失望表現在臉上，換了一個問題。

「我還要去英國一趟。『時鐘塔』那邊有一些事情要處理，你先一步到日本去，我會向家裡的人說明。」

「我知道了……那麼我馬上動身。」

「綺禮，你先回去吧。我還要和遠坂先生再聊聊。」

綺禮頷首，起身告辭後默默離開房間。

× ×

留下來的遠坂時臣與璃正神父兩人一言不發地將目光投向窗外，目送言峰綺禮的背影由門口離去。

「令郎真是一個值得讓人倚重的人啊，言峰先生。」

「身為一個『代行者』，他的能力是無庸置疑的。在同儕當中恐怕沒有其他人像他一樣瘋狂地進行鍛鍊，就連我看了都感到畏懼。」

「喔……這樣的態度不正是堪為宗教守護者的表率嗎？」

「哎呀，說來慚愧。我這把老骨頭值得驕傲的，也只有綺禮這個兒子了。」

雖然老神父以個性嚴峻出名，但是看得出來他非常信任時臣，露出笑意的臉上毫無特意炫耀的神氣。由他的眼神就可以清楚知道他對獨子的信賴與親情有多深。

「過了五十歲還沒有子嗣繼承香火，本來我都已經放棄了……現在想一想，能夠有這麼一個優秀的兒子，還真叫我惶恐呢。」

「可是沒想到他會答應地這麼爽快。」

「只要是教會的意思，小犬就是赴湯蹈火也在所不辭。他的信仰意志實在太堅定了。」

雖然時臣無意質疑老神父說的話，可是他對璃正神父之子的印象卻和那種「宗教狂熱」的熱忱有一些不同。他從綺禮這個男人沉穩的言行舉止中感覺到的，倒不如說是一種空洞的虛無感。

「老實說，我甚至覺得有點驚訝。站在他的立場，他根本就像是無辜被捲進一場毫無關係的戰爭裡。」

「不……我反倒覺得這件事對他來說是一種救贖也說不定。」

璃正神父陰鬱鬱地喃喃低語道。

「這件事請別和他人提及。就在上個月，他才遭逢喪偶之痛，他們結婚才不過兩年而已。」

「這真是……」

出乎意料的事實讓時臣不曉得該怎麼接話。

「雖然表面上看不出來，但是他心裡一定覺得非常哀痛……他們在義大利有太多回憶。對現在的綺禮來說，前往久違的祖國之地執行新任務可以讓他轉移注意力，也許是療傷的一條捷徑。」

璃正神父嘆了一口氣說道，然後直視時臣的雙眼。

「時臣，請你務必讓小犬協助你。他是一個追求試煉以確認自我信仰虔誠的男人，愈是遭遇困境，他就愈能發揮真正的實力。」

老神父的話讓時臣深深地低下頭。

「不敢當。聖堂教會與言峰家族兩代的大恩大德，將會永銘我遠坂家家訓之中。」

「別這麼客氣。我只是實踐對上上代遠坂老爺的承諾而已。接下來我會祈禱上帝保佑你在追求『根源』的道路上一路平安。」

「是。祖父的遺憾與遠坂家的大願正是我的人生意義。」

身懷沉重的責任感與足以撐起這份負擔的自信，時臣態度堅毅地點點頭。

「這次聖杯一定會顯現。請您拭目以待。」

看到時臣的堂堂氣派，璃正神父在心中祝福已故的摯友。

「吾友……你同樣也有一位了不起的繼承者啊。」

×　×

言峰綺禮讓來自地中海的清爽海風吹亂頭髮，獨自默默沿著自豪宅一路曲折而下的小路踏上歸途。

綺禮想著剛才交談的那名叫做遠坂時臣的男子，回想他給予自己的諸般印象，整理思緒。

他的大半生想必過得十分艱苦吧，以往體驗過的辛酸彷彿全數化為他的勳章，時臣具備難以動搖的絕大自信心與威嚴。

綺禮很能了解他那種人，因為他的父親恰巧與時臣是同一種類型的人。

他們對自己誕生的意義以及人生的意義做下註腳，奉為圭臬而深信不疑。他們從來不會感到迷惘，也從來不曾停下腳步。

無論面臨人生中何種局面，他們鋼鐵般的意志都能朝著固定的方向前進，以明確的方針行動，目的就是為了達成自己所認定的某種人生目標。這種「信念的型態」對綺禮的父親來說是虔誠的宗教信仰；而對遠坂時臣來說，恐怕就是身為菁英的自負——一種不同於一般平民，肩負著特權與責任的人才具備的自我意識吧。這種「真正的貴族」近來已經所剩無幾，極為少見。

今後遠坂時臣的存在將會在綺禮的人生意義當中占有很重的分量……但是單憑時臣與父親相似這一點就能斷定，他與綺禮是兩種不同的人，雙方絕對無法彼此相容。

只看得見眼前理想的人，根本無法了解沒有理想的迷惘與痛苦。

時臣這種類型的人把「目的意識」當作信念的基礎，而在言峰綺禮的精神領域中，這部分卻蕩然無存。在他二十餘年的人生當中從來沒有抱持過任何目標或理念。

從綺禮懂事的時候開始，就沒有任何理念讓他覺得崇高；沒有任何探索使他感到滿足；也沒有任何娛樂為他帶來安寧。像他這樣的人怎麼可能有什麼目標意識。

綺禮甚至不知道為什麼自己的感性與世間一般的價值觀相差這麼多。不管在任何領域，他都找不到一件事物能讓自己發揮熱情、拿出積極的企圖心完成某件事情。

但他還是相信世上有上帝的存在，單純只是因為自己還不夠成熟，找不到真正具有崇高價值的物事罷了。

他一直抱持著希望，相信自己總有一天能夠得到崇高真理的指引；獲得神聖福音的救贖。

可是在心中的某個角落，綺禮卻早已知道就算是上帝的愛也無法拯救自己。

他對自身的憤怒與絕望逼迫他做出自虐行為。藉著修身苦行的名義，不斷重複自殘。但愈是這樣苛刻地傷害自己，愈讓綺禮的身體鍛鍊地如鋼鐵般強健。等到他發覺的時候，自己早已經遠遠超越其他人，爬上頂端而成為聖堂教會中的菁英分子——代行者。

所有人都把這項身分當作一份光榮。言峰綺禮嚴以律己與犧牲奉獻的態度贏得眾人的讚許，將他奉為聖職者的模範，就連父親璃正也不例外。

綺禮非常了解言峰璃正對自己這個兒子有多麼信賴與讚賞。可是這個天大的誤會卻讓綺禮內心覺得不知如何是好。想必這個誤會一輩子都不會有解開的一天吧。

至今還沒有任何一個人能夠理解綺禮內心世界的人格缺陷。

沒錯，就連他唯一應該愛過的女性亦然——

「……」

一陣類似暈眩的感覺讓綺禮不得不放慢腳步，伸手按著額頭。

每當他回想起死別的妻子，總會感到腦海一片朦朧，思緒渙散。就如同在濃霧中立身懸崖峭壁一般，出自本能的忌諱讓他無法再往前踏出一步。

綺禮此時才發覺自己已經走到山腳下。他停下腳步，回首遠望山丘頂上的那棟豪華別墅。

今天與遠坂時臣的會談當中，有一個最大的疑問到最後仍然沒有獲得滿意的答覆……那個問題才是讓綺禮最掛心的事情。

為什麼「聖杯」的奇蹟力量會選擇言峰綺禮？

時臣的說明只不過是他苦於不知如何解釋而隨口編造的說詞而已。如果聖杯單單只是想為遠坂家找一個幫手，就算不是綺禮，其他應該還有許多和時臣更加親近的人才可以選擇。

距離下次聖杯現世還有三年的時間，綺禮這麼早就獲得令咒，在他身上一定有什麼足以被選擇的理由才對。

可是……綺禮愈思考愈感到矛盾難解，讓他煩惱不已。

照理來說，他應該是「絕不會被選上」的人。

綺禮心中沒有「目的意識」，所以沒有理想，也沒有願望。不管事情怎麼演變，他絕對不可能獲得這個「萬能許願機」的奇蹟。

綺禮注視著顯現在右手手背上的三道徽記，表情陰沉黯淡。

聽說令咒就是一種聖痕。

三年後，自己究竟會面臨什麼困境，承擔何種重擔呢？

——一年前——

他一下子就認出自己尋找的那位女性的身影。

假日的午後，溫暖和煦的陽光灑落在草地上。他看見兒童們四處奔跑玩耍，家長則是帶著笑意看自己的孩子嬉鬧。多數市民喜歡全家扶老攜幼，帶著家人來到這個圍繞著噴水池的公園廣場小憩。

就算身處人群當中，他也不會感到不方便。

不管人潮再擁擠、距離再遙遠。他都有自信能夠一眼辨認出某位女性的存在。縱使兩人一個月可能見不到一次面，關係形同陌生人一般。

那名女性在樹蔭下乘涼，一直等他走近到身邊才發覺他的到來。

「……嗨，好久不見。」

「啊——雁夜。」

她露出恬淡柔和的微笑，放下手中讀到一半的書抬頭看著他。

她瘦了許多——雁夜看得出來。一陣難以言喻的不安爬上心頭。看來現在似乎有什麼事正折磨著她的心。

雁夜心中湧起一陣衝動，很想現在就開口問她原因，不論任何問題自己都願意傾盡全力為她解決。可是他辦不到，兩人的關係並沒有親密到能讓他如此毫無忌憚地對她釋出善意。

「有三個月沒見面了吧，這次出差時間很久呢。」

「嗯……是啊。」

每個安眠的夜晚，雁夜必定會在美好的夢境中看見她那令人魂牽夢縈的笑靨。可是當她一旦真正出現在眼前時，自己卻沒有勇氣面對。就像這八年的時光一樣，將來他也永遠無法直視她的笑容吧。

正因為面對她讓自己感到卻步，所以每次見面寒暄過後，雁夜總是不知道該拿什麼話題繼續對話，每每在兩人之間形成一種微妙的空白。

為了不讓這種空白使得氣氛尷尬，雁夜轉頭尋找一個能讓自己說起話來更能暢所欲言的人。

——找到了。那個小女孩正和一群孩子同在草地上玩耍，綁成雙馬尾的兩綹頭髮活力旺盛地躍動著。她的年紀雖然還小，但是已經漸漸出落地和母親一樣美麗大方。

「小凜。」

雁夜揮揮手，出聲叫喚小女孩。那名叫做凜的少女馬上注意到他，綻出滿臉歡笑，迅速跑過來。

「雁夜叔叔，你回來了！還有買禮物給我嗎？」

「凜，怎麼這樣沒禮貌……」

年幼少女好像完全沒聽見母親的責備，大大的靈動雙眼中充滿期待。雁夜同樣也報以微笑，從藏著的兩件禮物當中拿出其中一樣遞給她。

「哇，好漂亮喔……」

一支以大大小小的玻璃珠編成的胸針馬上就擄獲少女的心。雖然以凜的年紀來說，要配戴這項禮物還必須等她再長大些。不過雁夜早就知道凜的興趣品味和年齡不同，比較成熟。

「叔叔，謝謝你每次送我禮物。我一定會好好珍惜的。」

「哈哈，如果凜喜歡叔叔的禮物，叔叔也很高興啊。」

雁夜一邊輕撫凜的頭，一邊找尋自己準備的另一件禮物要送的人。可是不知道為什麼，他到處都找不到人。

「小凜，小櫻在哪裡呢？」

聽見雁夜這麼問，凜的笑臉驀然變得空虛。

當小孩子被迫接受自己無法理解的現實之時才會露出這種表情，一種停止思考與放棄一切的表情。

「櫻已經……不在了。」

凜回答時的語氣彷彿是在背誦台詞般缺乏抑揚頓挫，眼神乾冷而空洞。她回到剛才一起遊玩的那群孩童當中，好像不想再讓雁夜繼續問下去。

「……」

當雁夜還弄不清楚為何凜的言行如此怪異的時候，他發現自己正用質疑的視線注視著凜的母親。她昏暗的眼神好像在躲避什麼似地望向虛空。

「凜說的話是什麼意思……？」

「櫻她……已經不再是我的女兒，也不是凜的妹妹了。」

她的話語中不帶任何感情，但是語氣比起女兒小凜還堅定許多。

「那孩子……已經去了間桐家。」

間．桐——

這個姓氏和雁夜的關係深到讓人深惡痛絕，狠狠地在他心中挖開一道血淋淋的傷口。

「怎麼會……這到底是怎麼回事，葵姐!?」

「這件事還用問嗎？特別是你，雁夜。」

凜的母親——遠坂葵用生硬冰冷的語氣壓抑自己的情緒，淡淡地說道，看也不看雁夜一眼。

「間桐希望得到能夠繼承魔術師血統的孩子，原因你很清楚不是嗎？」

「為什麼……要答應這種事？」

「是『那個人』決定的。遠坂家的一家之主為了回應古老盟友間桐家的請求，做下這個決定……怎麼可能有我表達意見的餘地？」

就因為這種理由，母女與姐妹硬生生被拆散。

雁夜當然無法接受這種事，但是他很明白是什麼原因讓葵與年幼的凜不得不承受這種結果。選擇魔術師的人生就是如此，雁夜很早以前就知道這樣的命運有多麼無情。

「……這樣真的好嗎？」

雁夜的語氣不知何時變得緊繃。面對雁夜的質問，葵還給他的是軟弱無力的笑容。

「自從我決定嫁入遠坂家，成為魔術師妻子的時候就已經做好心理準備面對這種事了。繼承魔導血統的家系妄想追求平凡家庭的幸福本來就是一種錯誤。」

雁夜本想要出言反駁，但是魔術師之妻微微搖頭表示拒絕之意，態度柔和但卻堅決。接著她補了一句話：

「這是遠坂家和間桐家的問題，和已經背棄魔術師世界的你沒有任何關係。」

雁夜的身軀再也無法動彈，就好像變成了公園中的林木一樣。無力感與孤獨感緊緊揪住他的心頭。

葵對待雁夜的態度從少女時期到結婚，即使成為一兒之母之後也完全沒有任何改變。年長三歲的她和一起長大的雁夜就像真正的姊弟，她始終以溫婉、親近的態度對待自己。

這樣善良溫和的她，第一次將雙方之間的立場劃分地如此決絕。

「如果你有機會遇見櫻，請對她好一點。那孩子從以前就很喜歡你。」

在葵視線的彼端，凜看起來開朗活潑，一心享受遊戲的樂趣，彷彿想藉著玩樂一掃心中的悲傷。

遠坂葵的表情則和一般享受假日時光的平凡母親一樣，以慈愛的神情看著凜。她始終只用半邊臉龐對著雁夜，似乎拒絕佇立在身旁、卻又無話可說的雁夜靠近，同時好像也在告訴他眼前的凜就是她選擇的答案。

可是雁夜還是注意到了。他絕不可能忽略掉葵的任何一絲變化。

遠坂葵的神情堅定，平靜地接受命運。

但是她卻藏不住眼角含著的一滴晶瑩淚珠。

× ×

雁夜快步走在故鄉的景色之中，他一直以為自己再也不會看到這片風光。

之前雁夜就算幾次回到冬木市，也從未迤渡過河川踏進深山町裡。仔細一想，自己已經將近十年沒回來了。和因為都市開發而每天改變風貌的新都不同，這一帶完全沒有改變，時間彷彿在這裡停下它的腳步。

安靜的巷道街景和記憶中一模一樣。但是即使放慢腳步，浸淫在故鄉風景當中，腦中浮現出的回憶卻沒有一件讓人覺得愉快。雁夜把這些無意義的鄉愁拋諸腦後，思緒回到一個多小時前和葵對話的時候。

『……這樣真的好嗎？』

面對垂首不語的葵，他忍不住脫口說出這麼一句逼問的話語。這幾年來，自己從來沒有用這麼嚴厲的語氣說過話。

以往他一直提醒自己行事切勿招搖，與人為善。當他離開的時候，所有憤怒和憎恨的感情全部遺留在這個寂寥的深山町小鎮裡。捨棄故鄉後的雁夜對凡事都不放在心上，和從前在這塊土地上他厭惡的諸多物事相較，所有卑劣醜陋的事全都不足一哂。

——沒錯。他上一次像今天這樣說話如此激動的時候，是在八年前。

那時候雁夜不也是帶著相同的怒氣與口吻對同一位女性說出同一句話嗎？

『這樣真的好嗎？』——那時候他也對比自己年長的青梅竹馬問過這句話。就在她即將冠上遠坂這個姓氏的前一天晚上。

他永遠忘不了那時候她的表情。

葵的臉上帶著些許困惑與歉疚，但還是羞澀地紅著臉蛋，笑著輕輕點頭。那張含蓄的笑容徹底擊垮了雁夜。

『……已經做好心理準備了……妄想得到平凡家庭的幸福本來就是一種錯誤……』

這種話根本是一派謊言。

八年前的那一天，當她接受年輕魔術師的求婚之時，那張笑容還是深信自己將會得到幸福的表情。

就是因為信任她的笑容，所以雁夜坦然接受失敗。

他想或許唯有那名即將迎娶葵的男性才能給予她幸福的人生。

可是雁夜錯了。

雁夜親身體會過這個致命的錯誤，應該比任何人都了解魔術這種東西有多麼可怕，多麼讓人唾棄。正因為深有所感，所以他才會拒絕接受命運、與兄弟訣別後遠走他鄉不是嗎？

但是他卻容許了。

知道魔術的邪惡，害怕魔術而抗拒魔術的他千不該萬不該，竟然將此生最珍愛的女性拱手讓給一名魔術師。

悔恨的念頭此時正在燒灼雁夜的內心。

他居然又重蹈覆轍，說錯同一句話。

他應該說的不是詢問，而是直接阻止她，告訴她：『這樣做是不對的。』

如果八年前的那一天自己這麼阻止葵，挽留她的話，或許就會有和今天不一樣的未來。如果那時候她沒有和遠坂結合的話，或許她就可以一輩子與魔術師受詛咒的命運無緣，過著平凡的生活也說不定。

然後今天在那午後的公園裡，如果雁夜也這樣對遠坂與間桐兩家的決定提出反對的話……葵可能會覺得很驚訝，把他的意見當作局外人的戲言。但是至少她不必像那樣責備自己，把滿腹苦楚壓抑在心中。

雁夜絕對不會原諒一再重複錯誤的自己。為了懲罰自己，他又回到過去已經訣別的地方。

可以讓自己贖罪的唯一方法必定就在那裡。那個從前他背離的世界、為了保身而逃避的命運。

可是現在他有勇氣去面對。

為了這個世上他最不希望看到她悲傷的女性。

在金烏即將沒入地平線的昏暗天空下，他在一棟蓊鬱高聳的洋房前停下腳步。

經過十年的時光，間桐雁夜又再度回到他出生的家門前。

×　×

在玄關前經過一陣短暫卻充滿火藥味的爭執後不久，雁夜進入了自己熟悉的間桐宅邸，坐在客廳的沙發上。

「我應該已經吩咐過你不要再出現在我面前了……」

坐在雁夜對面，帶著厭惡的表情冷冷撂下這句話的是一個身軀矮小的老人。他就是間桐家族的家長間桐臟硯。雖然無毛的禿頭與四肢都已經形同木乃伊一般衰老萎縮，但是深藏在凹陷眼眶中的雙眼依舊精光閃爍，是一個外貌與氣息都異於常人的怪異老人。

事實上就連雁夜也不清楚這個老人的真正年齡。奇怪的是在戶籍登記上，他的身分是雁夜兄弟倆的父親，但是在家譜的紀錄上，其曾祖父以及更前三代的祖先同樣也是叫做臟硯的人物。

沒有人知道這個老人究竟已經統治間桐家幾個世代的時光。

利用難以言喻的恐怖手法一次又一次延長自身壽命的不死魔術師、雁夜最厭惡的間桐家血脈之祖、存活到現代的活妖怪。這就是間桐臟硯。

「我聽聞一件消息，讓我不能默不吭聲。聽說間桐家幹了一件恬不知恥的勾當。」

雁夜很清楚現在自己面對的人物是一名冷酷無情又強大無比的魔術師，可是他絲毫不覺得害怕。此人集雁夜畢生的所有憎恨、厭惡與輕蔑於一身，即使可能被他殺害，雁夜至死唾棄他的意志也不會有所動搖。十年前與老人對決的時候就是因為有這種氣概，雁夜才得以打破家規離棄間桐家，成為自由之身。

「聽說你收養了遠坂家的次女。難道你就這麼想在間桐的血統裡留下魔術師的因子嗎？」

雁夜喝問的口氣讓臟硯非常不悅地皺起眉頭。

「你有資格質問我這件事嗎？你以為是誰害間桐家沒落到這步田地？

鶴野那小子生下的兒子身上終究還是沒有魔術迴路，間桐家的純血魔術師到這一代就斷絕啦。可是雁夜，你這個弟弟的魔術素質更高於鶴野，要是你乖乖接受家主之位，繼承間桐家祕傳的話，事情就不會演變到這麼岌岌可危的地步。一切都是因為你這小子……」

老人講得口沫橫飛，怒不可遏。可是雁夜只是哼地一聲，嗤之以鼻。

「不要再演這種爛戲了，吸血鬼。現在你倒關心起間桐家族的存續了嗎？別笑死人了。就算間桐家沒有新血誕生，對你來說也沒有任何影響，不管經過二百年還是一千年後，只要你自己還活著就無所謂不是嗎？」

被雁夜一語道破，臟硯的怒氣頓時盡斂，嘴角扭曲翹起。那是一張怪物的笑臉，表情裡沒有任何人類的感情。

「你這小鬼真是不可愛哪，說話還是像以前一樣毫不客氣。」

「這一切都要多虧你的調教。我可不會被你這種冠冕堂皇的好聽話瞞騙。」

老人看起來似乎很愉快，從喉嚨底發出淫黏的呵呵笑聲。

「沒錯，我會比你或是鶴野的兒子更長命百歲吧。可是要如何維持這副日漸腐朽的身軀也是個問題。間桐家就算不需要繼承人，也絕對要有一個魔術師。為了幫我贏得聖杯……」

「……說了半天，結果那才是你真正的目的嗎？」

其實雁夜早已經猜到了。這個老魔術師瘋狂地追求不老不死，而那名為『聖杯』

的許願機器能夠真正實現他這個願望。正是這個寄託於奇蹟的願望讓這個臟硯老怪物撐了幾世紀還不死。

「六十年週期即將在明年到來。可是間桐家沒有棋子可以參加第四次聖杯戰爭。憑鶴野那種程度的魔力根本沒辦法控制從靈。聖杯戰爭近在眼前，那小子到現在連令咒都沒有。

可是這次雖然只能放棄，但是下一個六十年後我還是有勝算。那個遠坂家小女孩的胎盤一定能夠生下優秀的魔術師吧。身為魔術師，她可是潛力無窮哪。」

雁夜的腦中浮現起遠坂櫻幼小的臉孔。

她比凜這個姊姊更內向，總是躲在姊姊背後，給人一種嬌弱的印象。她的年紀實在太小，還無法承受魔術師這種殘酷的命運。

雁夜壓下胸中勃然湧起的怒氣，努力讓表情保持平靜。

雁夜現在坐在這裡面對臟硯是為了和他交涉，放任自己發洩情緒不會讓情況有所好轉。

「──如果是這樣的話，只要拿到聖杯，遠坂櫻就沒用了吧。」

聽出雁夜話中有話，臟硯略感疑惑地瞇起眼睛。

「你……在打什麼主意？」

「間桐臟硯，我們來做一樁買賣。我會在下次的聖杯戰爭中取得聖杯，而我要你放走遠坂櫻做為交換。」

臟硯先是一陣愕然，然後露出輕視的表情失笑道：

「哈，說什麼傻話。你這個淘汰者過去根本沒有鍛鍊過，竟然妄想在短短一年之內成為從靈的召主？」

「你應該知道可以讓我成為召主的祕術吧。老頭，就是你最擅長的操蟲術。」

雁夜直直盯著老魔術師的雙眼，打出手中的王牌。

「在我身上植入『刻印蟲』！我這一身間桐家的骯髒血肉應該比別人家的小女孩更能適應吧。」

臟硯的臉上表情褪去，露出非人魔術師的面目。

「雁夜──你不要命了嗎？」

「你該不會說擔心我這條小命吧，『父親』。」

臟硯似乎也明白雁夜並非信口胡說。魔術師冷酷的眼神把雁夜從頭到腳打量了一番，感慨萬千地嘆了一口氣。

「憑你的素質確實比鶴野有希望。用刻印蟲擴張魔術迴路，一整年密集進行鍛鍊的話，說不定可以讓你成為足以被聖杯選上的魔術師……可是我不了解，你為什麼對一個小丫頭這麼執著？」

「間桐家的執念由間桐家的人達成就夠了。為什麼要把毫無關係的陌生人牽連進來？」

「這份心意真是讓我感動哪。」

臟硯萬分愉快，露出充滿邪氣的獰笑。

「可是雁夜，如果你的目的是『不想讓他人牽連進來』的話，現在似乎已經有點太遲啦。你知道遠坂家的丫頭到我們家已經幾天了嗎？」

一陣絕望突然襲上心頭，壓得雁夜喘不過氣來。

「老頭，你該不會……!?」

「最初的三天她哭喊得可大聲啦，從第四天開始連聲音都發不出來了。今天天一亮我就把她扔進蟲倉裡，試試她能夠撐多久。呵呵，被蟲子蹂躪了大半天，她竟然還沒斷氣。遠坂家的素材真是讓人難以割捨啊。」

由激烈恨意昇華的殺意讓雁夜的雙肩顫抖。

一股難以壓抑的衝動在雁夜的體內奔騰，他恨不得現在就撲向這個邪惡的魔術師，使出全身的力氣掐住他滿是皺紋的脖子，然後用力一扭。

可是雁夜也很清楚。就算再瘦、再衰老，臟硯畢竟是個魔術師，想要當場殺掉雁夜一個人簡直易如反掌。如果訴諸武力的話，雁夜絕對沒有一點勝算。

想要救櫻的話，除了與臟硯交涉之外別無他法。

臟硯或許是看穿雁夜心中翻滾起伏的思潮，他就像心滿意足的貓低鳴一樣，發出陰鬱的低笑。

「好了，你要怎麼做？我有一個從頭到腳被蟲子徹底侵犯，已經半瘋狂的小丫頭。如果這樣你還堅持要救她的話，我倒是可以考慮考慮。」

「……我沒有異議，要來就來吧。」

雁夜冷冷地回答道。他本來就別無選擇。

「好，好。你就盡量保持這股氣勢吧。可是在你拿出成果之前，我還是會繼續調教櫻。」

老魔術師咯咯怪笑。將雁夜的憤怒與絕望玩弄在手掌心上讓他備感愉悅。

「比起你這個一度背叛我們又回頭的淘汰者，她將來產下的孩子勝算還遠高於你。我真正的目標還是放在下下次的機會，下次的聖杯戰爭就當作打一場敗戰，不計較勝敗了。可是如果萬一真的讓你拿到聖杯的話……當然沒問題，屆時遠坂家的丫頭就沒有用處了。對她的教育就以一年為限結束吧。」

「……你不會反悔吧，間桐臟硯。」

「雁夜啊，你想在我面前大放厥辭的話，就先撐過刻印蟲的痛苦吧。對了，就讓你去當蟲子們的苗圃一個禮拜。如果你沒有就此發狂而死的話，我就承認你的決心。」

臟硯撐著枴杖懶懶地提起腰。他終於顯現出與生俱來的邪惡，露出非人的笑容對雁夜說道：

「那麼我們就快點著手準備吧，處理動作不必花多少時間就能完成。還是你要趁這段時間再重新考慮考慮？」

雁夜不發一語，只是搖搖頭，拒絕了自己最後的猶豫機會。

只要把蟲放進體內，他就會成為臟硯的傀儡，從此再也無法反抗老魔術師。可是只要拿到魔術師的資格，身為間桐家一分子的雁夜絕對可以取得令咒。

聖杯戰爭是拯救櫻唯一的機會，本來是自己這個普通人絕對接觸不到的選擇。參加聖杯戰爭的代價就是雁夜很可能喪命。用不著其餘召主動手，如果要在只有短短的一年時間內培育刻印蟲的話，雁夜的肉體將會被蟲啃蝕殆盡，剩下不到幾年的殘命。

可是雁夜不在乎。

雁夜的決心來得太遲了。要是他早在十年前做出相同的決定，葵的孩子們現在應該就能在母親身邊平安生活吧。從前他所抗拒的命運，糾纏流轉，最後竟然落在一個無辜小女孩的身上。

他沒有辦法可以彌補。如果有什麼方法能夠贖罪的話，那就只有幫少女取回她未來的人生。

而且如果想要拿到聖杯就必須悉數殺掉其他六名魔術師……

給櫻帶來這場悲劇的幾個當事人之中，雁夜至少能夠親手將其中一個人送上地獄之路。

「遠坂，時臣……」

初始三大家之一的遠坂家家主，那個男子的手上現在一定刻有令咒吧。

除了對葵的罪惡感以及對臟硯的憤怒之外，雁夜心中另有一股累積已久的舊恨至今一直努力不去想起。

復仇的黑暗情緒在間桐雁夜的心中，如同燎原星火般靜靜地燃起。

ACT.1

-285:42:56

從來沒有任何人認同韋伯・費爾維特（Waver Velvet）的才能。

雖然身為魔術師，但是韋伯並非出身於名門世家，也不是名師座下高徒，這名年輕少年靠著半自修的方式累積學識，終於被延攬至掌管全球魔術師的魔術協會總部，也就是位於倫敦的最高學府，通稱為「時鐘塔」。韋伯一直深信這項偉大的成就是任何人都比不上的光榮，所以更加以自己的才能為傲。至少他個人深信自己是時鐘塔創立以來最出色的學生、最應該受到眾人矚目的風雲人物。

費爾維特家的魔術師血統目前僅僅延續三代，論歷代繼承累積的魔術刻印密度以及隨著世代逐步開發的魔術迴路數量，韋伯和那些正統魔術師世家的後裔相比或許的確略有不及。在時鐘塔就讀的獎學金學生當中，多的是累積六代以上血統的名門子弟。

想要窮究魔術的奧祕並非一世代就能達成。父執代必須將窮其一生鍛鍊的心血成果讓子女繼承下去，用這種方式以求大成。因此家族歷史愈悠久的魔導家系就愈有力。

此外魔術師的魔術迴路總數受限於先天擁有的數量，各個古老家族不惜訴諸優生學，想盡辦法增加子孫的魔術迴路，因此更拉大了與新興家族之間的實力差距。換句話說，在魔術的世界當中有一種普遍性的認知：身世背景的不同幾乎決定個人能力的優劣。

可是韋伯的想法並非如此。

就算家族歷史的差距再大，都能靠經驗的密度彌補。即使身上的魔術迴路不多，如果對術法有更深入的了解、能夠更有效率地運用魔力的話，想要彌補先天上的差異根本不算難事——這是韋伯堅信不移的想法，因此他長久以來積極努力表現自己的才能，希望自己能夠成為最好的榜樣。

可是現實是非常殘酷的。時鐘塔的主流派乃是一群自恃家族血統悠久而目中無人的優待生，以及成天圍繞在這些優待生身邊阿諛奉承的跟隨者，他們同時也完全決定了魔術協會的價值觀。就連講師也不例外，講師將所有目光與期待放在名門子弟身上，對像韋伯這樣「家世淺薄」的研究者不但不肯傳授術法，甚至不願意讓他們閱覽魔導書籍。

為什麼光憑血統來判斷一名魔術師的可能性？

為什麼只靠資歷來決定學術理論的可信度？

沒有人在乎韋伯提出的疑問。講師們總是搬出一堆大道理封住韋伯的嘴，自以為扳倒他的理論之後就再也不理會他。

真是豈有此理。這種不滿焦慮的情緒逼得韋伯不得不採取行動。

為了彈劾魔術協會守舊的體制，韋伯振筆寫下一篇名為『論新世紀的魔導之路』的論文，這篇文章花了韋伯三年的時間構思與一年的時間著作。他一遍又一遍探討自己的論點、反覆思考，終於寫出了這篇條理清晰、立論周到無比的傑作。只要這篇論文送到審查會的手中，必定能夠對魔術協會的現狀造成一定的影響。

可是讓他始料未及的是，有一位降靈課的講師竟然只瀏覽過一遍就將這篇論文撕毀。

這位講師的名字叫做肯尼斯・艾梅羅伊・亞奇波特（Kayneth El-Melloi Archibald）。他是九代魔導大族亞奇波特家的長男，人稱『艾梅羅伊爵士』（Lord El-Melloi），備受眾人吹捧。他還與學部長的女兒締結婚約，年紀輕輕就獲得講師職位，是一位菁英中的菁英。韋伯最瞧不起的權威主義在這名講師身上表露無遺，讓韋伯難以忍受。

『你這種喜愛胡思亂想的習慣不適合研究魔導學問喔，韋伯先生。』

韋伯永遠不會忘記當初肯尼斯講師說出這句話時，他那高高在上的態度、語帶憐憫的口吻以及冷冷睥睨自己的眼神。在他十九年的生命當中，從來沒受過像那樣的羞辱。

如果這男人的才幹真的足以擔任講師，他應該能夠了解韋伯這篇論文所代表的意義才對。不對，那個男人或許就是因為能夠了解，才會感到嫉妒吧。他對韋伯的潛在才能感到畏懼、嫉妒，認為韋伯可能會危害到自己的立場，才會做出那種惡行。竟然撕掉一篇集所有智慧於大成的學術論文，這豈是一名學問追求者應有的行為？

自己的才能足以受到世人的注意，卻只因為一位當權者的專擅而受到阻撓。韋伯絕無法容忍這種蠻橫的事情。但是沒有人能夠理解他的憤怒、贊同他的想法。就韋伯的角度來看，魔術協會已經完全爛到骨子裡了。

就當韋伯天天過著滿腹怨怒無處發洩的日子時，有一件消息傳進他的耳中。

聽說那位大名鼎鼎的艾梅羅伊爵士為了想在自己虛華的經歷添上最後亮麗的一筆，決定參加一場在遠東地區展開的魔術競技。

韋伯花了一整晚的時間仔細調查那項名為「聖杯戰爭」的競技，並且為其驚人的內容深深著迷。

以蘊含龐大魔力的許願機『聖杯』為賭注，召喚英靈到現世當作使魔驅策，與對手一較高下的死亡淘汰賽。任何頭銜與權威都不具意義，一場真正依靠實力的競賽。

決定勝負的方式雖然野蠻，但卻簡單明快，沒有任何模糊地帶。對一位懷才不遇，想要在眾人面前大大表現一番的天才來說，聖杯戰爭簡直是再理想不過的舞台了。

興奮不已的韋伯後來更得到了幸運女神的青睞。

事件的起因是由於財管課的疏失。在肯尼斯講師的委託之下，有一件與某位英雄有關的聖遺物從馬其頓送到時鐘塔。這件聖物與一般郵件一起被送到肯尼斯的徒弟韋伯手上，由他代為轉交。但其實這封特殊郵件本來應該要在肯尼斯本人在場的情況下才能拆封。

韋伯立刻發現這件物品可能就是在聖杯戰爭中用來召喚從靈的媒介物。此時的他可說是遇到一個千載難逢的大好機會。

韋伯對已經腐敗不堪的魔術協會沒有一絲留戀，和冬木聖杯即將帶給他的榮耀相比，就連首席畢業生獎牌的光輝都像是垃圾般無用。當韋伯·費爾維特贏得勝利的那一刻，魔術協會的一切都將會臣服在他的腳底下。

當天韋伯就離開英國，一路直奔遙遠東方的島國。時鐘塔很快就發現是誰搶走原本要寄給肯尼斯的郵件，但是他們並沒有派人追來。因為根本沒有人知道韋伯對聖杯戰爭有興趣，而且還有一件韋伯不知道的事實，那就是時鐘塔絕大部分的人都認為按照韋伯·費爾維特這名學生的膽識，他頂多就只敢把肯尼斯的物品藏起來，以報受辱之恨而已。任何人都沒想到那個低下的學生竟然如此不知死活，跑去參加一場賭命的魔術競賽。就這一點來看，時鐘塔的人們的確是太小看韋伯這號人物了。

就這樣，韋伯來到極東世界的偏遠地區、命運之地冬木市。現在他正躺在床上，身上裹著溫暖的毛毯，一邊忍著不斷湧上的笑意……不，其實他根本忍不住。韋伯每隔幾秒鐘就舉手對著由窗簾縫隙中射入房內的晨光，然後看著手背發出呼呼呼、咿嘻嘻的得意竊笑。

手邊攜有聖遺物、身處於冬木市，而且具有足夠的魔術素養……聖杯當然不會放過這樣的人選。昨天夜裡韋伯的手背上果然出現三道令咒，證明他已經成為從靈之主。就連一大清早在院子裡響徹雲霄的雞啼聲也完全打擾不到他。

「韋伯～～～～～吃早餐囉～～～～～～～」

從樓下傳上來的老婦人叫喚聲和往常不一樣，一點都不會讓人覺得不快。為了讓今天這值得紀念的日子有一個美好的開始，韋伯立刻起床換下睡衣。

雖然這片屬於島國民族的土地民風保守封閉，但是這個叫做冬木的城市卻是例外，有很多來自外地的居住者。多虧如此，韋伯那張與東方人迥異的外表在這裡並不會太引人側目。但是為了謹慎行事，他看中一對孤單的老夫婦，用魔術對他們下暗示，使這對老夫婦把韋伯當成海外遊學歸國的孫子，讓他順利取得一個假身分與舒適的居住空間，就連沒有錢住旅館的問題也一併解決。韋伯真是愈來愈崇拜自己這副機靈的頭腦了。

為了能夠好好享受這個舒爽的早晨，韋伯一邊努力把院子裡吵人的雞鳴聲趕出腦海，一邊下樓走到一樓的廚房用餐。這個由報紙、電視新聞以及熱騰騰食物所點綴的平民式餐桌，今天也一樣毫無戒心地迎接他這位寄居客。

「早安，韋伯。昨晚睡得好嗎？」

「嗯，爺爺。我一覺睡到天亮呢。」

韋伯笑著回答，一邊在自己的吐司麵包抹上厚厚的橘子果醬。雖然他平時就對這一條一八〇日圓，口感軟趴趴的麵包甚感不滿，姑且就多塗點果醬把這一點缺陷掩蓋過去吧。

葛連・麥肯吉（Glen Mackenzie）與瑪莎（Martha Mackenzie）兩夫婦從加拿大搬來日本居住已經有二十餘年。兒子因為不習慣日本的生活，回到出生的國家組織家庭，在日本養育到十歲大的孫子這七年來不但沒有回來看過祖父母，甚至連書信也沒有捎過一封。這些情報都是韋伯使用催眠術從老人口中探聽出來的。這種家庭結構正符合韋伯的需要，於是他用暗示把老夫婦心中描繪的理想孫子形象與自己來個狸貓換太子，就這樣成為兩夫婦的愛孫「韋伯・麥肯吉」（Waver Mackenzie）。

「那就好。對了，瑪莎。今天一大早雞啼聲吵得人受不了。那是怎麼回事啊？」

「我們家院子裡有三隻雞，也不曉得到底是打哪兒來的……」

韋伯搶著要搭腔解釋，差點被滿嘴的麵包噎到。

「那、那些雞是……我朋友的寵物，現在寄放在我這裡，因為他說他出門旅行不在家……我今天晚上就會把牠們送回去的。」

「哎呀，原來是這樣啊。」

看來兩人似乎不是那麼在意，輕易就相信了韋伯的說詞。還好這對老夫婦已經老得聽不太清楚了。

這三隻雞的大嗓門在今天一天就已經大大得罪了附近的居民。

可是要說辛苦的話，最倒楣的還是韋伯自己。昨晚一發現自己身上出現令咒，他立刻高興地打起精神出門尋找儀式要用的祭品，卻沒想到要在城鎮附近找一處養雞場竟然這麼困難。好不容易找到一間養雞小屋，為了抓這三隻雞又耗掉一個多小時。等到天空微露魚肚白，他回到家門時，身上早已沾滿雞糞，兩手被啄得鮮血直流。

以前還在時鐘塔的話，拿來當活祭品的小動物要多少就有多少。為什麼像自己這樣的天才魔術師要為了區區三隻扁毛畜生倒這種楣。韋伯一想到這兒就委屈得想哭，可是他從昨晚一直看著手上的令咒，直到早上時心情完全好轉了。

韋伯決定今天晚上進行儀式，這些煩人的雞也來日無多了。

然後他將會得到最強悍的從靈。那件藏在二樓寢室衣櫃裡的聖遺物——他已經知道那件媒介物能夠召來多麼偉大的英靈了。

那是一塊乾裂、已經半風化的碎布。久遠之前，這塊布曾經是佩戴在某位偉大君王肩膀上的斗篷的一部分。這位君王殲滅波斯（Persia）的阿契美尼德王朝（Achaemenid Empire），建立世界第一個大帝國，國土範圍從希臘遠至西北印度。那就是傳說中的『征服王』……這位偉人的英靈，今晚就要經由韋伯的召喚臣服在他的膝下，引領韋伯取得榮耀的聖杯……

「……爺爺、奶奶。今晚我要把雞送到朋友家還給他，所以可能會很晚回來，你們不必擔心。」

「嗯，出門要小心喔。聽說最近冬木市治安不太好啊。」

「真的是呢。好像又有人成為那個連續殺人魔的犧牲者了，這個社會變得好可怕啊。」

韋伯享受漫長悠閒的餐桌時光。吃著切成八片的廉價麵包，浸淫在他人生中最美滿的幸福感覺中。只不過那些雞啼聲，聽起來還是有一點吵。

-282：14：58

這片黑暗沉澱在累積一千年的執念當中。

衛宮切嗣與愛莉斯菲爾受家主的傳喚而前往艾因茲柏恩城的禮拜堂——那是這座被風雪冰封的古城當中最壯麗也是最黑暗的場所。

那裡當然不是頌讚上帝恩寵、撫慰心靈的地方。在魔術師的城堡當中，所謂的祈禱場所也就是執行魔導式典的祭儀之處。

因此切嗣仰起頭看到的彩繪鑲嵌玻璃（Stained Glass）所描繪的也不是聖人畫像，而是艾因茲柏恩家為了追求聖杯而長久徘徊的漫長歷史。

即使在初始三大家當中，艾因茲柏恩耗費在聖杯上的時光也是最長久的。

艾因茲柏恩家將自己封閉在冰凍的深山當中，斷絕與外界的往來。就這樣，他們大約從一千年前就一直在追求聖杯的奇蹟。只是他們的探求之旅可以說是不斷重複著挫折、屈辱以及痛苦的掙扎。

兩百年前，艾因茲柏恩家終於不得不放棄獨力探索的方式，轉而和遠坂與魔奇里等外部家族合作。

但在之後展開的聖杯戰爭當中，艾因茲柏恩家總是因為召主的戰鬥力略遜一籌，從未取得過勝利——結果就在九年前，他們被迫決定從外面世界招攬驍勇善戰的魔術師。

說起來，衛宮切嗣是一直以血統純正為傲的艾因茲柏恩家不惜第二度改變信念而準備的王牌。

切嗣走在迴廊上，無意間把目光停留在一片比較新的彩繪玻璃窗上。

上面畫的是艾因茲柏恩家的『冬之聖女』里茲萊希．羽斯緹薩（Lizleihi Justica von Einzbern）以及隨侍在她左右的兩位魔術師對著天上一盞杯子伸出雙手的模樣。只要用心觀察這張圖畫的構圖與設計平衡，就可以明顯看出兩百年前艾因茲柏恩家是多麼瞧不起遠坂家族以及魔奇里家族，不得不仰賴他們兩家協助的事實又讓艾因茲柏恩家感到多麼羞恥。

切嗣獨自在心中露出嘲諷的苦笑。如果他能在這次的戰爭中勝利，自己的模樣是不是也會像這幅圖像一樣，以一種充滿怨懟情緒的構圖被畫在彩繪玻璃上？

掌管這座寒冬之城的老魔術師，已經站在祭壇之前等候切嗣與愛莉斯菲爾了。

老人名叫約布斯塔海特．馮．艾因茲柏恩（Jubstacheit von Einzbern）。自從他繼承第八代家主之位後就以「亞哈特」（Acht）為名號。他幾次延長壽命，活了將近兩個世紀的漫長時光，在聖杯「探索」變成聖杯「戰爭」之後，仍然繼續統治著艾因茲柏恩家。

亞哈特老人雖然不知道羽斯緹薩時代的情況，但是從之後的第二次聖杯戰爭開始，艾因茲柏恩家每每苦吞敗績。面對這次第三次機會，亞哈特老人心中的焦躁自然是不可言喻。九年前，當時衛宮切嗣的「魔術師殺手」惡名無人不知無人不曉，急於打贏戰爭的亞哈特老人就是看中切嗣的本事，決定把他迎入艾因茲柏恩家。

「老夫以前派人去康瓦爾（Cornwall）尋找的聖遺物，終於在今天早上送到了。」

亞哈特老人捋著讓人聯想到結冰瀑布的白色長鬚，那雙完全不見衰老的強烈目光由深陷的眼窩中直射切嗣。雖然切嗣已經在這座古城住了很長一段時間，不過從以前開始每次和老城主見面時，他總是會從老家主身上感受一股近乎偏執的無形壓力，讓他覺得很厭惡。

老城主的手朝祭壇上一比。上面鄭重其事地擺放著一只黑檀木製的長櫃。

「只要有這項物品做為媒介物，必定能夠召喚眾人所能想到的從靈當中最強大的『劍之英靈』。切嗣，這就是艾因茲柏恩家提供給你的最有力支援。」

「真是感激不盡，家主大人。」

切嗣擺出一臉漠然的表情，深深地低下頭。

　聖杯對於艾因茲柏恩家打破開宗以來的傳統，吸收外來血統這件事似乎沒有什麼意見，輕易就接受了。早在三年前，令咒就已經出現在衛宮切嗣的右手上，他將會背負艾因茲柏恩家千年的悲願，參加即將開始的聖杯戰爭。

　老家主把視線移到站在切嗣身邊，同樣低垂著頭，神色恭謹的愛莉斯菲爾身上。

「愛莉斯菲爾，容器的狀況如何？」

「沒有任何問題。就算在冬木之地，容器應也能順利運作。」

　愛莉斯菲爾的回答簡潔有力。

「萬能之釜」這個許願機器本身只不過是一種靈質，並沒有實體。因此如果想要讓它成為『聖杯』的完整型態，必須要使它降靈在可供依附的「聖杯容器」當中。換句話說，七位從靈的聖杯爭奪戰也可以說是一種降靈儀式。

　從聖杯戰爭開始以來，一直都是由歷代艾因茲柏恩家族負責製造當作容器的人造聖杯。而本屆的第四次聖杯戰爭中，受命保管『容器』的人就是愛莉斯菲爾。她也必須陪同切嗣前往冬木市，置身於戰地當中。

　亞哈特老人的眼神精光閃閃，幾近瘋狂的程度，重重點頭道：

「這次一定……一個人都不許留下！殺光其餘六名魔術師，一定要完成第三魔法『天之杯（Heaven's Feel）』！」

「「遵命！」」

魔術師與人工生命體，這一對命運與共的夫妻同聲應和老家主懷著詛咒的激情所發下的命令。

但是在切嗣的內心當中，他對這位垂老家主的執著絲毫不以為然。

完成……艾因茲柏恩之主心中千萬種思緒全部都灌注在這短短兩個字上。沒錯，艾因茲柏恩家的精神只剩下對於「完成」的執著而已。

為了尋求這項能將靈魂物質化的失傳神技，艾因茲柏恩家耗費了一千年的時光……在這段遙遠漫長的漂泊當中，他們已經把手段與目的完全混淆了。

艾因茲柏恩家想要得到聖杯的目的只不過是需要一個證據，證明自己漫長的探索不是白費功夫，只是想要確認「意義的存在」而已。至於召喚聖杯是為了什麼原因？這種目的意識早已經不在他們的關心範圍之內了。

「好吧。我就照你的期望，親手完成你們一族所追求的聖杯。」

切嗣在心中低語，堅定的意志絲毫不遜於亞哈特老人。

「不過，我不會讓事情就這樣結束的。我要用萬能之釜的力量完成我自己的夙願……」

×

×

回到房內的切嗣與愛莉斯菲爾打開老家主交給他們的黑色長櫃，裡面的物品讓他們看得目不轉睛。

「沒想到他們真的找來這種寶物……」

就連平常情緒鮮少有起伏的切嗣，這次似乎也深受感動。

那是一只劍鞘。

以黃金為底材，再施以絢麗的藍色琺瑯做為裝飾。華美的外觀讓這只劍鞘與其說是武具，更讓人聯想到王冠或是權杖之類展現貴人權勢的寶物。雕刻在中央部位的刻印是失傳已久的妖精文字，證明這只劍鞘並非人類所打造的工藝品。

「……太讓人驚訝了！竟然連一點小傷痕都沒有。這真的是一千五百年前時代的出土物嗎？」

「這是因為劍鞘本身就是一種概念武裝，不會像一般物質一樣風化。就算不拿來當作召喚的媒介物使用，這件聖遺物也是一件已臻魔法境界的珍寶。」

愛莉斯菲爾畢恭畢敬地伸手，從裝有內襯的長櫃之中捧起黃金劍鞘。

「只要配戴這只劍鞘，就能像傳說一樣治療持有者的傷勢、停止老化……不過前提是要有『原本的主人』供給魔力才行。」

「也就是說只要配合召喚出來的英靈一起運用的話，這只劍鞘也可以當作『召主的寶具』使用吧。」

切嗣並沒有沉浸在劍鞘巧奪天工的美麗作工中太久，他的思考很快就轉向如何將這項寶物當作「一件實用的道具」利用。愛莉斯菲爾見狀，有些無奈地苦笑道：

「這種理論真有你的風格。『道具畢竟只是道具』，是嗎？」

「真要這麼說的話，從靈也是一樣。對召主來說，不管是任何享譽天下的英雄，只要召喚為從靈，他就等同是一件道具……對從靈抱有任何奇怪幻想的人絕對不可能在這場戰鬥中生存下來。」

每當切嗣收起父親或是丈夫的情感，露出戰士的一面時，他的表情就會變得無比冷酷。以前愛莉斯菲爾還不了解丈夫的內心世界之時，曾經對切嗣如此冷峻的表情感到無比畏懼。

「就是因為你的這種想法，所以這只劍鞘才正適合你使用——大老爺應該就是這樣判斷的吧。」

「真是如此嗎？」

切嗣的臉上明顯露出不豫之色。如果知道招贅的女婿對自己千辛萬苦準備的聖遺物竟是這種反應，亞哈特老人一定會氣得說不出話來吧。

「你對大老爺送的禮物覺得不滿意嗎？」

愛莉斯菲爾非但不責怪切嗣出言不遜，反而興致勃勃地問道。

「怎麼會不滿意？老爺子做得很好，其他召主應該找不到比這更有力的王牌了吧。」

「那麼你覺得哪一點不好呢？」

「這件遺物和英靈的關係這麼密切，回應召喚的英靈絕對是他們想要的人選。不過英靈和我這個召主的契合性反而顯得不重要了……」

原本在召喚英靈的時候，召主的精神個性會大大影響受召喚英靈的性質。如果沒有特定對象的話，就會叫出與召喚者靈魂、個性相仿的英靈。可是聖遺物的因緣要素更優先於召喚者個性，聖遺物的來歷愈是明確，愈能確定讓某一特定英靈降世。

「……你的意思是說和『騎士王』之間的契約關係讓你覺得不放心嗎？」

「那是當然。世界上大概沒有任何人比我這個人更不適合什麼騎士精神了。」

切嗣帶著半開玩笑的口氣冷笑道。

「正面決戰不是我的作風，參加生存競賽的話就更不用談。確定目標之後就要攻其不備或是從背後襲擊。不在乎時間地點，用最有效率、最確實的方式除掉敵人……我可不認為身分尊貴的騎士大人會願意配合我的做法。」

愛莉斯菲爾陷入沉默，看著亮麗無瑕的劍鞘出神。

切嗣確實如他自己所說，是一名為求勝利而不擇手段的戰士。他與從前這只劍鞘之主的契合性會有多糟糕，恐怕連試都不必試。

「……可是這樣不是很可惜嗎？『應許勝利之劍』（Excalibur）的劍手絕對是『Saber』職別（Class）中最強的一張卡喔。」

是的。

這只閃耀著璀璨光輝的劍鞘正是屬於那柄至高無上的聖劍，也就是從古老中世紀以來一直被人傳頌至今的騎士王亞瑟·潘德拉剛（Arthur Pendragon）所遺留下來的物品。

「妳說得對。『Saber』本來就號稱是聖杯七座當中最強的職別，如果是那位傳說中的騎士王成為『Saber』……我就等於得到了天下無敵的從靈，問題是我們要如何善用這道最強戰力。老實說，如果要論容易驅使的話，『Caster』或是『Assassin』倒更合我的性子。」

這時候突然傳來一陣電子音打斷兩人的對話，輕浮的聲響對照室內窮極豪奢的裝潢顯得格格不入。

「終於來了。」

橡木製作的厚重書桌上隨意擺放著一台筆記型電腦，兩者之間的組合彷彿就像在手術檯上擺著一架縫紉機一般突兀。歷史悠久的正統魔導家族通常不認為科學技術有哪裡方便，這一點在艾因茲柏恩家也一樣。這台在愛莉斯菲爾眼中看起來怪異無比的小計算機是切嗣自己帶進城裡的私人物品。魔術師當中很少有人願意使用這種機械器材，切嗣就是其中一人。之前他要求在城裡裝設電話線與發電機的時候，甚至和老家主吵了一架。

「……這是什麼？」

「這是我派去潛伏在時鐘塔的人所傳來的報告。我要他們調查參加這次聖杯戰爭的召主情報。」

切嗣坐回書桌，熟練地操作鍵盤，讓剛收到的電子郵件顯示在螢幕上。愛莉斯菲爾已經聽切嗣解釋過這叫做「網際網路」，是一項近來開始在都市中普及的新技術。雖然切嗣細心地說明給她聽，但是她根本連內容的十分之一都聽不懂。

「……嗯，已經知道身分的召主有四個人。」

遠坂家派出的人選是……想當然耳就是現今的家主遠坂時臣。屬於『火』屬性，擅長寶石魔術的棘手人物。

間桐家也有自己的對策，他們似乎硬是把沒有繼承家主之位的淘汰者培育成召主。真是胡鬧……間桐家的老人也真是拚老命了。

至於外來魔術師，首先有時鐘塔的一級講師肯尼斯・艾梅羅伊・亞奇波特。原來如此，這個人我倒是知道，他擁有『風』與『水』兩種屬性，也是精通降靈術、召喚術、煉金術的專家。協會當中頂尖的知名魔術師要來參加，他倒是一個麻煩人物。

還有聖堂教會也派了一個人……言峰綺禮，原本是『第八』的代行者、監督者言峰璃正神父的兒子。三年前拜在遠坂時臣門下，後來因為獲得令咒而與恩師決裂……哼，這傢伙看起來就很有問題。」

愛莉斯菲爾在旁邊無所事事地看著切嗣繼續把畫面向下捲動，一件一件閱讀報告內容的細節。

忽然她發覺切嗣注視畫面的表情緊繃起來，神色肅然。

「……怎麼了？」

「這個人，言峰神父的兒子。他的經歷已經都查出來了，可是……」

愛莉斯菲爾從切嗣的背後看著液晶螢幕，目光停留在切嗣指出的地方。因為她不習慣從不是紙張的電子螢幕上看字，讀起來很辛苦，不過她不能在神情嚴肅的切嗣面前發這種牢騷。

「……言峰綺禮，一九六七年出生，年幼時就開始跟著父親璃正進行聖地巡禮。

一九八一年自茫萊撒（Manresa）的聖依納爵（St Ignatius）神學院畢業……跳級兩年，而且還是首席？真是一位了不起的人物呢。」

切嗣悻悻然地點頭。

「要是以當初的狀況繼續下去的話，他很有可能會成為樞機主教。可是他卻在這時候離開出仕坦途，自願加入聖堂教會。明明其他多的是機會可以選擇，為什麼偏偏自甘委身於教會的地下組織？」

「是不是因為受到父親的影響？言峰璃正也隸屬於聖堂教會吧。」

「要是如此，打一開始他就應該與父親一樣以回收聖遺物的工做為目標。他最後的落腳處雖然確實與父親相同，但在此之前他三次輾轉變更所屬單位，還曾經一度被任命為『代行者』，那時候他才十幾歲，這可不是靠著半吊子的毅力就能辦到的事。」

代行者是聖堂教會中最為血腥的部門，專門負責討伐異端，稱得上是修羅惡鬼的巢穴。得到『代行者』的稱號意味著此人歷經過嚴苛的修行，已經成為活兵器，同時也是一等一的殺手。

「他會不會是宗教狂熱分子？因為年紀輕，心思太過單純導致過度迷信而不可自拔的例子也不是沒有啊。」

可是切嗣仍然否定了愛莉斯菲爾的意見。

「應該不是……真是這樣的話，就無法解釋他這三年來的狀況。

如果對宗教信仰有潔癖的話，根本不可能轉任到魔術協會。聖堂教會似乎確實命令他轉任，而他效忠的對象也有可能不是宗教教義而是組織。但即使如此，他也沒有道理這麼苦心學習魔術。

──妳看，這是遠坂時臣向魔術協會提出的關於言峰綺禮的報告。他已經學得的魔術種類有煉金術、降靈術、召喚術、占卜術……在治癒魔術方面的成就甚至超越其師遠坂時臣。他這種熱忱究竟是從何而來？」

愛莉斯菲爾繼續向下閱讀，看完彙整在報告最後對於言峰綺禮的能力分析。

「……老公，這個叫做綺禮的人確實很奇怪，但是有必要對他這麼注意嗎？雖然他好像學了不少技藝在身，但是其中並沒有什麼特別出色的地方啊。」

「是啊，就是這一點讓我愈來愈覺得可疑。」

切嗣耐心地對滿腹疑惑的愛莉斯菲爾解釋道：

「不管叫這個男人做什麼事，他都無法達到『超一流』的境界。他沒有什麼天賦才能，完完全全只是一個平凡人。但是他光靠著努力，把自己能力所及的學問學到爐火純青，而且學習時間短得嚇人，鍛鍊的嚴苛程度恐怕是常人的十倍、二十倍吧。當他這樣一路苦學，只差最後一步就能大成的時候，他卻毫不惋惜地掉頭去學習其他學問，好像之前的成就對他完全一文不值似的。」

「……」

「雖然這個男人總是選擇比他人更加苛刻的生活方式，但是他的人生中卻完全沒有一絲『熱情』。這傢伙……肯定是個危險人物。」

切嗣最後做出這樣的結論，愛莉斯菲爾也明白他這句話背後所隱藏的涵義。

當他說出『棘手』這兩個字的時候，雖然對敵人有所警覺，但是實際上卻還沒將對方視為威脅。此時在他心中對這類敵人已經掌握了八分的應對主意與勝算。但是『危險』這句話……這是衛宮切嗣認定對方需要他拿出真本事對抗時才會給予的評價。

「這個男人一定什麼都不相信。他累積那麼多經驗，一心只想求得一個答案，結果到頭來還是一場空……他就是這麼一個完全空蕩蕩的人，假設在他心中真的存有什麼事物，那就只有憤怒與絕望了。」

「……你的意思是對你來說，這名代行者還比遠坂時臣或是亞奇波特更強嗎？」

經過一段沉默後，切嗣深深地點頭回應。

「——他是個可怕的男人。」

遠坂或艾梅羅伊爵士確實都是強敵，可是這個言峰綺禮的『內在本質』卻更讓我覺得可怕。」

「內在本質？」

「這男人心中一片空虛，沒有任何可以稱之為願望的想法。像他這種人為什麼要追求聖杯，甚至不惜賭上自己一條命？」

「……難道不是因為聖堂教會的指示嗎？我聽說他們誤以為冬木的聖杯與聖人有關，所以一心想搶到手。」

「不是，聖杯不會把令咒賜給動機如此淺薄的人。這個男人已經被聖杯選為召主，他身上一定有什麼因緣，讓他有資格獲得聖杯。就是因為不知道是什麼才可怕。」

切嗣深深嘆了一口氣，陰沉的眼神直盯著液晶螢幕看，試圖從一行行乾燥無味的文字所描繪出的言峰綺禮的人物像中再多找出一些情報。

「妳認為像這種內心空洞、沒有任何願望的人得到聖杯的話會如何？這個男人的一生是由一次又一次的絕望累積起來的，說不定他會讓聖杯實現願望的力量染上絕望的色彩。」

愛莉斯菲爾對沉浸在消極慨嘆中的切嗣用力搖搖頭，帶著糾正的口吻說道。

「我保管的聖杯容器絕對不會交給任何人。當聖杯盈滿的時刻，手捧聖杯的只會是一個人——切嗣，那就是你。」

即使艾因茲柏恩家的長老汲汲營營只是期望完成聖杯……但是對這兩名年輕人來

說，他們完成聖杯之後還有願望與夢想要實現。

切嗣闔上筆記型電腦，摟住愛莉斯菲爾的肩膀。

「無論如何我們都不能輸。」

他的妻子此時拋開自己家族的宿願，選擇與丈夫同心共志。這件事實深深打動了切嗣的心。

「……我想到一個好主意了，一個能夠把最強從靈的力量發揮到極致的方法。」

-282:14:41

就在同一時刻，隔著汪洋大海的東方之地也有一個人與衛宮切嗣同樣，從潛伏在英國的間諜接獲情報。

身為正統魔術師的遠坂時臣和切嗣不同，不願意使用世俗的最新科技。他仰賴的遠距離通訊方法是代代傳承寶石魔術的遠坂家所特有的祕法。

遠坂宅邸矗立在冬木市深山町的丘陵上。時臣的工房位於宅邸的地下室，設有一台與俗稱Y形擺（Blackburn Pendulum）的實驗器材頗為類似的裝置。這架裝置和一般物理科學道具略有不同，懸掛在底下的重物是遠坂家傳承的魔力寶石，墨水會從上方沿著吊線滴落而沾溼寶石。

時臣將與這顆垂擺寶石成對的另一顆寶石交給他的間諜。只要將那顆寶石嵌在筆軸前端書寫，垂擺寶石就會與之共振而開始擺動，滴落的墨水會在放置下方的紙卷上分毫不差地描畫出文字。

現在魔石垂擺正開始與位在地球另一端倫敦的對石共振，以一種看似毫無規律又奇妙的往返運動流暢地重現報告者的筆跡。

發覺魔石正在動作的時臣拿起墨水尚未完全乾燥的紙張，逐一閱讀紙上的紀錄內容。

「……不管看幾次，我還是覺得這個裝置很詭異。」

言峰綺禮在時臣身邊看著他，老實地說出心中想法。

「呵呵，對你來說是不是使用傳真機比較方便？使用這架裝置的話不必用電也不會故障，也不用擔心情報洩漏。縱使不依賴那些新技術，我們魔術師早就已經擁有不遜於那些技術的便利道具了。」

但是在綺禮看起來，傳真機人人都會使用，便利性更高得多。可是這種「任何人皆可使用」的必要性一定不在時臣的理解範圍之內吧。貴人與平民得到的情報與知識當然不同……時臣在現在這個時代還保有這種傳統的想法，真的可以稱得上是不折不扣的「魔術師」。

「這是來自『時鐘塔』的最新報告。『神童』艾梅羅伊爵士好像又取得新的聖遺物了，這麼一來他也確定會參加。嗯，他有可能會成為我們強力的對手。如此一來，已經確定身分的召主連同我們就有五個人了……」

「到這時候竟然還有兩個空席，真是啟人疑竇。」

「沒什麼，應該只是沒有適合接受令咒的人選罷了。只要時候一到，不管資質優劣，聖杯都會選出七個人。像這種濫竽充數的人大多都只是一些小人物，不需要太在意。」

這種樂觀的想法很符合時臣的個性。綺禮拜在時臣門下已經有三年的時間，對時臣非常了解。他這位師父在事前的準備工作極為細心周到，但是一旦要付諸實行的時候，卻往往會忽略一些身邊小事。綺禮早已經明白注意這些旁枝末節反而是自己的責任。

「對了，提到要小心注意的事……綺禮，應該沒有人看到你走進這棟房子吧？因為表面上我們已經是敵對關係了。」

經過揑造的事實已經依照遠坂時臣的計畫散布出去。雖然綺禮在三年前就已經被聖杯選上，但是在時臣的命令之下，他一直小心翼翼地隱藏右手的刻印，直到這個月才對外發布得到令咒的消息。從那時候開始，對外他與師父時臣之間的關係已經為了爭奪聖杯而宣告決裂。

「請不用擔心。沒有任何有形或無形的使魔或魔導器在監視這棟宅邸。這一點——」

「——這一點，我可以向您保證。」

第三者的聲音打斷兩人的對話，接著一道黑影悄然出現在綺禮身旁。

黑影一直以靈體的狀態隨侍在綺禮身邊，此時才化出實體出現在時臣的面前。

這道身材高大細瘦的身影與一般人類不同，身上帶有龐大魔力，卻是個「非人之人」。他身披漆黑外袍，戴著白色骷髏的面具隱藏面孔，看上去十分詭異。

沒錯，他就是第四次聖杯戰爭當中最初被召喚出來，因為與言峰綺禮締結契約而成為『Assassin』之座的從靈——哈桑・薩巴哈（Hassan Sabbah）的英靈。

「不管敵人使出任何伎倆都不可能瞞過間諜英靈，在下哈桑的雙眼。現在吾主綺禮的身邊感覺不到有任何人追蹤……請您放心。」

Assassin已經了解時臣是地位更高於主人綺禮的領導人物，因此對他恭敬地垂首報告。

綺禮繼續說道：

「如果有英靈接受聖杯的召喚，父親那裡一定會知道是何種職別的從靈。」

璃正神父因為擔任聖杯戰爭的監督者，以專任司祭的名義被派到冬木教會。在他手邊有一件叫做『靈氣盤』的魔導器具，能夠顯示出聖杯召喚出的英靈屬性。

雖然召主的身分只能依靠各自呈報的方式確認，但是只要有從靈降世，不管在任何地點進行召喚，監督者都能夠利用『靈氣盤』掌握人數與職別。

「根據父親的消息，現在已經現世的從靈只有我的Assassin一個人。應該還要再一段時間，其餘魔術師才會開始行動。」

「嗯，不過這只是時間上的問題，不久後這棟宅邸周圍就會有其他召主派出的使魔出沒。因為這裡、間桐家以及艾因茲柏恩的別墅都必定是召主的根據地。」

外來魔術師對初始三大家的優勢就是身分不明。因此在聖杯戰爭的初期階段，三家都會派出間諜，全力進行情報戰。

綺禮並不是不相信時臣的情報網，但是他也擔心餘下兩名不見廬山真面目的魔術師可能利用更高明的手段躲過時臣的情蒐，隱藏自己的身分。對付這種深謀遠慮的敵人，綺禮的暗殺者從靈就可以發揮最大的力量。

「這裡已經沒事了。Assassin，繼續注意外面的狀況，連一點風吹草動都不能放過。」

「遵命。」

Assassin 接到綺禮的命令，再次化為靈體消失無蹤。從靈的本質就是靈體，所以能夠自由自在地從實體轉變為靈體。

Assassin 具備一項其他從靈沒有的特殊能力『隱蔽氣息』，潛伏行動的能力無人能出其右。綺禮的目的是幫助時臣，而不是追求自身的勝利。對他來說，召喚 Assassin 是最適當的選擇。

他們兩人的戰略如下。

首先派出綺禮的 Assassin 四處奔走，徹底調查其他召主的計畫、行動方針以及從靈的弱點。檢討出針對各個敵人的有效戰略之後，再由時臣的從靈逐一擊破。

因此時臣打算召喚一個以強大攻擊力為主的從靈。可是綺禮到現在還沒聽說時臣看上的是什麼英靈。

「我準備的聖遺物在今天早上終於送到了。」

或許是從綺禮的表情看出一絲端倪，時臣在綺禮開口之前就先說道。

「我找到了我要的物品，召喚出來的從靈絕對更勝於其他敵人。只要是英靈，恐怕沒有一個人是他的對手。」

時臣滿意地露出微笑，表情充滿他特有的驕傲自信。

「今晚就來進行召喚儀式吧——既然沒有其他召主的監視，綺禮你一起參加，也請令尊出席。」

「父親也要參加嗎？」

「對，如果順利召喚成功的話，就可以確定我們一定能夠勝利。我想要讓大家一起分享這份喜悅。」

在人前展現這種近乎傲慢的自信，卻又沒有刻意炫耀的感覺。這一點也可以說是遠坂時臣的特質吧。綺禮對時臣的器量之大，不只感到訝異也覺得敬佩。

忽然，綺禮向垂擺寶石看去。寶石現在還在搖動，繼續在紙卷上寫字。

「好像還有其他內容。」

「嗯？那是另外一件調查事項，不是什麼最新的消息。我委託他們調查一名男子，那個人有可能會成為艾因茲柏恩家的召主。」

艾因茲柏恩家與世隔絕，就算是倫敦的時鐘塔也非常不容易收集到他們的情報。可是時臣以前就曾經說過他可能知道那名召主。他捲起手中的報告紙放在書桌上，拿起另一份印字紙。

「——大約在九年前，一向以自身血統純正為傲的艾因茲柏恩家突然招了一名外來魔術師當作贅婿，那時候在協會也造成一些傳聞。可是真正看穿他們在打什麼主意的人大概只有我和間桐家的老人吧。

艾因茲柏恩家的魔術師特別專精於煉金術，原本就不適合與人動武，在過去的聖杯戰爭之所以落敗都是這個原因，那群人也終於按耐不住了吧。由此可知他們找來的魔術師是何等人物。」

時臣一邊說，一邊把資料看過一遍後，把印字紙遞給綺禮。綺禮一眼看見「調查報告：衛宮切嗣」的記述，微微瞇起眼睛。

「這個名字……我以前曾經聽過，好像是一個相當危險的人物。」

「哦，就連聖堂教會都聽說過他嗎？說到『魔術師殺手』衛宮，在當時可說是惡名遠播。表面上他是不屬於協會的獨行客。可是組織上面的人為了辦事方便，一定時常和他有所接觸吧。」

「以我們教會的說法，他就像是代行者嗎？」

「比代行者更加惡劣。他就像是專門對付魔術師的職業殺手。因為身為魔術師，所以了解魔術師，以最不像魔術師的方式迫害魔術師……就算利用這種卑鄙的戰鬥方式也毫不在乎，他就是這種人。」

時臣憎厭不堪的語氣反而讓綺禮對那個叫衛宮切嗣的人物產生興趣。綺禮以前確實聽說過他的傳聞，這個人似乎曾經和聖堂教會對立，也曾有人告誡自己對這個人要特別小心注意。

綺禮讀著時臣交給他的資料，當中大部分的內容都是關於衛宮切嗣的戰術考察——分析幾件疑似是他下手的魔術師橫死與失蹤案件以及他的殺人手法。綺禮愈看就愈明白為什麼時臣對這名男子如此忌憚。狙擊、毒殺只不過是小意思，內容提到他公然在群眾面前使用炸彈殺人、或是在魔術師乘坐飛機時連人帶機一起擊落……等等令人難以置信的內容。這份報告甚至推測過去幾件被民間當作非特定恐怖行動報導的慘案，事實上只是衛宮切嗣針對單一魔術師所犯下的罪行。雖然沒有明確的證據，但是從報告上列出的幾項舉證看來，可信度確實很高。

用「暗殺者」三個字來形容這個人的確再貼切不過。魔術師之間的爭執時常演變成互相攻殺，但是這些戰鬥往往只是單純比鬥魔術，採用類似決鬥的形式解決。在這方面上，聖杯戰爭也一樣，雖然名為「戰爭」，但絕不是無秩序的任意濫殺，必須嚴格遵守幾項規定與鐵則。

在衛宮切嗣的戰史上，完全找不到他曾經使用「一般魔術師的方法」戰鬥過的紀錄。

「魔術師是超脫於世俗法規的人種，但正因為如此，所以才更需要嚴格約束自己的行為。」

時臣語帶慍怒，斷言道：

「可是這個叫做衛宮的男人完全不擇手段，連一點身為魔術師的尊嚴都沒有。我絕對不能原諒像他這種無恥之徒！」

「您是說……尊嚴嗎？」

「沒錯。這個人在過去成為魔術師的時候一定經歷過嚴格鍛鍊，那麼他心中應該有某種信念支持他熬過鍛鍊的艱苦。一名魔術師就算獲得力量之後，也絕對不能忘記最初的信念。」

「……」

時臣的說法並不正確。在這世界上就是有一些愚蠢的人不為任何目的而埋首於苛刻的訓練當中。綺禮比任何人都明白這一點。

「——那麼這個衛宮切嗣當殺手是為了什麼目的？」

「十之八九是為了金錢吧，自從他被帶進艾因茲柏恩家之後就再也沒有犯下任何大案。想當然耳，他肯定獲得了一筆可以終生不愁吃穿的龐大財富……這份報告書中也有提到，不光是魔術師暗殺與他有關，世界各地只要有哪裡一出事，他似乎就會去賺些小錢。」

正如同時臣所說，除了與魔術師有關的事件之外，報告書的結尾還洋洋灑灑列出了一長串衛宮切嗣的經歷。全世界想得到的紛爭地區都可以看到衛宮切嗣的身影。看起來他不只當殺手，傭兵工作也讓他狠狠賺了不少錢。

「……這份文件可以借我看看嗎？」

「拿去無妨。希望你能代替我仔細研究裡面的內容，我還要忙著準備今晚的召喚儀式呢。」

× ×

綺禮離開地下工房回到一樓，恰巧在走廊上遇見一名少女在和一口特大號皮箱苦苦纏鬥。

「妳好，凜。」

綺禮淡淡地對凜打聲招呼。少女停下拖行皮箱的腳步，一雙大眼睛直直地盯著他看。綺禮和凜共同生活在一個屋簷下已經將近三年，但是少女注視他的眼神中始終帶著一絲猜疑之色。

「……你好，綺禮。」

雖然語氣有些不自然，但凜還是很有禮貌地回答。她雖然還年幼，但是落落大方的態度已經具備一些淑女風範了。不愧是遠坂時臣的女兒，果然與其他同年紀的小學生不同。

「妳要出門嗎？怎麼帶這麼多行李。」

「是啊。從今天開始我就要搬到禪城家去住了，上課的時候也會從那邊坐電車去學校。」

在聖杯戰爭開始之前，時臣決定把家人送到鄰鎮的妻子娘家暫住。做這個決定的原因當然是因為冬木市即將成為戰場，不能讓她們留在這裡，暴露在危險之下。

可是女兒凜似乎對這項決定甚感不服，此時凜在綺禮面前雖然舉止得宜，但是從她高高噘起的可愛小嘴看起來，她的心裡一定很不高興。雖然已經是位小淑女了，但是她畢竟還是個孩子，沒辦法要求她和大人一樣成熟。

「綺禮會留在父親的身邊和他一起戰鬥，對不對？」

「對，因為我就是為了這個目的才成為妳父親的徒弟。」

凜不是一個普通的無知小孩。為了讓她成為遠坂家魔導的繼承人，時臣已經開始對她施行英才教育，因此她已經對冬木市即將展開的聖杯戰爭有了很初步的認識。

凜知道父親要她們到母親娘家避難的原因，也明白這是很正確的做法。但她仍然心懷不滿，原因是在她離家之後，唯有綺禮還能目中無人地在遠坂宅裡來去自如。

凜身為正統繼承人，對父親時臣非常崇敬。但也因為這份崇拜，使得她對於比自己更早一步拜在時臣門下學習魔術的綺禮從來沒有給過好臉色看。

「綺禮，我可以相信你嗎?你能夠答應我，一定會保護父親平安無事嗎？」

「我不能向妳保證。如果這場戰鬥這麼好打發的話，也就不需要送妳和夫人去避難了。」

綺禮絲毫不假辭色，淡淡地說出事實。這讓凜更加不高興，怒氣沖沖的眼神瞪著面無表情的師兄。

「……我還是不喜歡你。」

只有在少女發作這種小孩性子時，綺禮才對她抱有一點好感。

「凜，不可以把這些內心話在他人面前說出來。不然別人會懷疑妳父親的品格，懷疑他沒把妳教好。」

「這和父親有什麼關係！」

一聽見綺禮搬出父親，凜漲紅著臉大發脾氣。綺禮就是想要看她這種反應。

「你聽清楚了，綺禮。如果因為你偷懶，害父親受傷的話，我絕對不會原諒你！我……」

就在這個絕妙的時機，葵恰巧從玄關外走進來。她已經打理好要出門，應該是遲遲等不到凜才回來看的吧。

「凜！妳在做什麼，說話這麼大聲。」

「……啊、呃……我……」

「凜想在離開之前為我加油打氣呢，夫人。」

看見綺禮若無其事為自己說話，凜更是覺得怒火中燒，可是她不能在母親面前發作，只好撇過頭去。

「凜，我來幫妳搬行李吧。這皮箱太重了，妳搬不動。」

「不用！我自己能搬！」

凜使出比剛才更大的力氣硬扯皮箱，反而讓自己更加舉步維艱，好不容易才勉強走出玄關。綺禮知道自己的行為很幼稚，可是每次一有機會，他總是忍不住壞習慣，想要捉弄凜一番。

葵留在玄關，對綺禮低下頭。

「言峰先生，我丈夫就勞煩你多費心了。請你幫助他實現他的夙願。」

「我會盡力而為，請您放心。」

站在綺禮的角度來看，他也認為這名叫做遠坂葵的女性是一位完美的妻子。葵的個性含蓄賢慧又細心，了解丈夫的個性卻不多加干涉，將婦道放在愛情之前，善加打點日常生活一切事務。如果是在以前，她想必是賢妻良母的表率吧。在現今這個女權主義高漲的社會當中，像她這種人簡直就和化石一樣稀有。遠坂時臣確實選了一個最適合自己的人做為伴侶。

綺禮送母女倆到門口的停車處。她們用的車不是計程車，而是由葵駕駛自用轎車。不只司機不在，遠坂家所有的傭人都放假離開了。這不光只是避免波及其他無關的外人，同時也是為了防止間諜滲透。時臣完全沒有想到要防範傭人，這麼做是出自於綺禮半強迫性的建議。

車子離開之前，凜還偷偷趁母親不注意的時候對綺禮吐舌頭。綺禮只是苦笑著目送車子離去，然後轉身回到空無一人的屋內。

×　×

時臣還在地下工房裡沒出來。綺禮大搖大擺地占據無人的客廳，重新詳讀那份關於衛宮切嗣的報告書。

他不知道自己為什麼對這位素未謀面的異端魔術師這麼感興趣。大概是因為老師時臣討厭的這類人物，反而讓自己有某種愉快的感覺吧。

綺禮在這棟宅邸與時臣維持了三年的師徒關係，說起來實在非常諷刺。

綺禮的學習態度誠懇，學得又快，從老師眼裡看起來他似乎是個極為優秀的學生。再說身為聖職者，綺禮本來應該對魔術避之唯恐不及。但是他對各種領域的魔術都抱持興趣，用極佳的學習能力習得所有的祕技，這種積極的態度讓時臣非常喜歡。現在的時臣非常信任綺禮，甚至要求獨生女凜將綺禮當成師兄看待。

可是相對於時臣的熱情，綺禮的內心卻愈來愈冷漠。

綺禮自己並不是因為喜好才沉浸在修練魔術當中，只是因為他長久以來在教會修身卻一無所獲，因此對魔術這種價值觀完全不同的學業抱著些許期待罷了。但結果卻慘不忍睹，對魔術世界的探索依舊無法帶給他喜悅與滿足，只是讓他心中的空洞又更加擴大。

時臣似乎完全沒有發覺綺禮心中的失落。綺禮之前認為「時臣與父親璃正相同」的推測果然一語成讖。時臣對綺禮的評價與信任就和璃正一模一樣。

父親與時臣這種人與自己之間有一道無法跨越的界線，綺禮數次被迫面對這樣的現實。或許就是因為這個原因，才會使他對時臣厭惡的人物產生興趣。這個叫做衛宮切嗣的人有沒有可能和自己一樣，屬於「界線的這一邊」？

時臣對衛宮切嗣的戒心，看起來單純只是忌憚「魔術師殺手」的外號而已。時臣委託製作的這份報告書，重點也只放在「對魔術師的戰鬥經歷」上，對於其他事情沒有多做敘述。

可是，當綺禮依照時間順序看過切嗣這個人的經歷之時，他心中漸漸確信……

這名男子的所作所為背負著極大的風險。

在切嗣被艾因茲柏恩家收留之前的傭兵時代，他曾經完成過幾項任務。這幾項行動之間的間隔時間太過短暫。如果把準備階段或是計畫的時間一起算進去，就只有一種可能性，那就是他同時進行多項任務。不只如此，他在各個戰亂地區出沒的時機竟然都是當地戰況最白熱化、最危險的時候。

這種自殺式的行動原則彷彿是一種逼迫自己去送死的強迫觀念。

綺禮能夠斷定，這個叫做切嗣的人沒有利己之心。他的行為在利益與風險之間的取捨根本完全失衡，這種人不可能是著眼於金錢利益的傭兵之輩。

那麼……他要的到底是什麼？

「……」

不知何時，綺禮已經把報告書放到一邊，支頤沉思。衛宮切嗣超乎常人想像的嚴苛經歷讓綺禮有一種親近感。

時臣稱呼衛宮切嗣為沒有尊嚴的魔術師、喪失信念的男人。

如果真是如此，他那種盲目又激烈、簡直像是自尋死路般的經歷又是怎麼回事……或者，這會不會是他為了尋找已經喪失的答案而展開的巡禮？

切嗣一再重複的戰鬥行為在九年前突然結束。他遇上了正在尋找能夠贏得聖杯的決鬥者的北方魔術師・艾因茲柏恩。

也就是說他在那時候找到「答案」了。

現在綺禮非常期盼與衛宮切嗣見面，他終於找到參與冬木之戰的意義了。

綺禮依然對聖杯沒有興趣，可是如果切嗣願意為了聖杯打破九年的沉默，那麼綺禮排除萬難參加聖杯戰爭也有了意義。

他一定要問問那個男人：你到底為何而戰？在這條路的盡頭，你又得到了什麼？

綺禮無論如何都要會一會衛宮切嗣，即使是在賭上雙方性命的死亡戰場也在所不惜。

-271：33：52

從結果來看，間桐雁夜的精神力最終熬過苦痛，可是肉體面就不一定了。

在將近第三個月的時候，他的頭髮已經完全變白，全身處處都是糾結隆起的傷疤，沒有傷痕的皮膚全都失去血色，變成有如陰間幽鬼般的死灰。魔力像毒素般流過他的靜脈，讓靜脈膨脹起來，從皮膚外都隱約可見，就像全身布滿了青黑色的細微裂縫。

肉體的崩壞就像這樣，比想像中還要快速。特別是左半身的神經更是嚴重受創，他的左手腳甚至曾經有一段時間完全癱瘓，雖然勉強以急就章的復健行動重拾機能，但是現在左手的感覺仍然比右手略為遲鈍；只要走快一點，左腳就會不聽使喚，在地上拖行。

心律不整造成的心悸早已是家常便飯。在飲食方面，雁夜已經無法攝取固體食物，改以注射葡萄糖點滴。

從現代醫學的觀點來看，雁夜的身體機能還能運作已經是一件非常不可思議的事。諷刺的是，雁夜至今還能屹立不倒的原因，竟然是受惠於他用生命換來的魔術師魔力。

刻印蟲在這一年的時間當中不斷啃噬雁夜的身體，終於成長到足以當作擬似魔術迴路運用。

這些蟲子現在正厚顏無恥地發揮牠們的力量，盡量延續宿主的生命。

如果只論魔術迴路的數量，現在雁夜的魔術師能力已經到達相當程度，修練的成果似乎連間桐臟硯都感到很意外。三道令咒清清楚楚地浮現在雁夜的右手上，聖杯終於也承認他是間桐家的代表了。

根據臟硯的預測，雁夜的生命頂多大概只剩一個月左右。但是對雁夜本人來說，一個月的時間已經足夠了。

聖杯戰爭已經進入最後倒數計時的階段。如果七位從靈全部都已經召喚出來，說不定隔天就會點燃開戰的狼煙。根據過去的經驗，戰爭大約不會超過兩週，到雁夜喪命之前還多的是時間。

可是驅使魔術迴路運轉，就意謂著刺激刻印蟲，這時候對雁夜的身體負擔當然不是其他魔術師所能比得上。最糟糕的情況是在戰鬥分出勝負之前，刻印蟲很有可能就已經將宿主吃光了。

雁夜必須面對的敵人不只有其餘六名魔術師。對他來說最大的敵人反而是在他體內蠶食的蟲子。

×　×

這天晚上，雁夜終於要挑戰最後的考驗，在他前往間桐家地下的半路中，正好在走廊遇見櫻。

「……」

櫻一看見雁夜就露出畏懼的表情，微微刺痛了雁夜的心。

雖然事到如今，雁夜只能接受事實，但是自己竟也成為櫻害怕的對象，讓他覺得非常難過。

「嗨，小櫻……叔叔嚇到妳了嗎？」

「……嗯。你的臉怎麼了？」

「沒什麼，只是有一點毛病。」

昨天雁夜終於喪失了右眼的視力。不只眼球因為壞死而混濁，就連眼睛四周的臉部肌肉都麻痺了。他的眼瞼與眉毛不能活動，左半張臉就像亡者的面容一樣僵硬，彷彿戴了一張面具。雁夜在鏡子裡看到自己的模樣都覺得毛骨悚然，也難怪櫻會害怕。

「叔叔好像又稍微輸給身體裡的『蟲子』了，一定是因為我不像櫻這麼堅強吧。」

雁夜本來想露出苦笑，可是大概是因為臉上的表情變得很詭異，櫻瑟縮著身子，似乎愈來愈懼怕。

「……雁夜叔叔，你好像變了一個人。」

「哈哈，或許是吧。」

雁夜乾笑兩聲帶過，心裡卻陰鬱地低語著：

「……妳也是一樣啊，櫻。」

櫻現在已經改姓為間桐，變得和雁夜熟悉的女孩完全不一樣，簡直判若兩人。她的眼神像人偶般毫無生氣，既空洞又陰沉。雁夜在這一整年當中，從來沒有在那雙眼眸中看過喜怒哀樂的感情。從前那個和姊姊凜一起嬉鬧，如同幼犬般天真可愛的小女孩已經不復再見。

一想到櫻在這一年為了成為間桐家繼承人所受到的種種折磨，也難怪她會變成這個樣子。

櫻的肉體確實具備優異的魔術師素質，這一點連雁夜或是他的兄長鶴野都遠遠不及。但這指的是櫻很適合學習遠坂家的魔術，屬性與間桐的魔術完全不一樣。

為了將櫻的體質調整為更「類似間桐家」，處理方式就是日日夜夜在間桐家地下蟲倉裡，假『教育』之名所進行的虐待行為。

兒童的心靈根本還不夠成熟。

小孩子既沒有堅定的理念，也沒有能力將悲傷轉化為憤怒，無法運用意志力去面對殘酷的命運。非但如此，因為他們還不瞭解人生的意義，就連希望與尊嚴的概念都還沒有完全養成。

因此當小孩子被迫面臨極端的狀況時，他們反而比大人更能輕易扼殺自己的心靈。因為還不知道人生的喜悅，所以能夠捨棄一切；因為還不知道未來的意義，所以能夠放棄希望。

雁夜這一整年只能眼睜睜地看著虐待行為讓一名少女就這麼漸漸封閉自己的心。雁夜的體內遭受被寄生蟲貪噬的劇痛，心中則備受自責所煎熬。櫻之所以遭此劫難，他絕對要負一部分責任。他詛咒間桐臟硯，詛咒遠坂時臣，同樣也詛咒自己。

唯一一件讓雁夜稍感安慰的是，像人偶般自閉的櫻對他沒有太重的戒心，每次見面時還願意和他說上二、三句無謂的閒話。不管是基於同病相憐的同情，或是由於以前她還是遠坂櫻時的情誼。無論如何，至少她還把雁夜看作是與臟硯、鶴野這些「教育者」不同類型的人。

「今天晚上我不用去蟲倉，因為爺爺說有更重要的儀式要舉行。」

「嗯，我知道。所以今天晚上叔叔要代替櫻到地下去。」

雁夜如此說道。櫻側首看著他的臉：

「雁夜叔叔，你要出遠門嗎？」

或許是孩童特有的敏銳直覺讓櫻察覺到雁夜的命運，可是雁夜不想再讓年幼的櫻擔不必要的心。

「叔叔有重要的工作，之後要忙上一陣子，所以以後可能沒什麼時間像現在這樣和小櫻聊天了。」

「是嗎……」

櫻的視線從雁夜身上移開，眼神好像在注視著某處只屬於她一個人的地方。雁夜看不下去，勉強繼續搭話。

「小櫻，等叔叔的工作結束之後，大家再一起去玩，好不好？帶媽媽和姊姊一起去。」

「媽媽……還有姊姊……」

櫻有些不知所措，說道：

「……我沒有媽媽和姊姊，爺爺要我當這些人從來沒有存在過。」

她的回答充滿著迷惘與困惑。

「這樣啊……」

雁夜在櫻面前屈膝蹲下，用他還能活動的右手輕輕摟住櫻的肩膀。只要把櫻抱在胸口前，她就看不到雁夜的臉，也就不會發現他正在流淚吧。

「……那叔叔和小櫻就找遠坂家的葵阿姨和小凜四個人一起到遠方去，大家就像以前那樣一起玩吧。」

「……我……還可以和她們見面嗎？」

輕細的聲音從雁夜的胸口處傳來，雁夜的手腕更用力抱住她，點點頭。

「嗯，當然可以，叔叔向妳保證。」

他無法再說更多。

如果可以的話，雁夜很想對她立下不一樣的承諾。只要再過幾天，我就可以把妳從間桐臟硯的魔掌中救出來，只要再忍耐幾天就好了。他好想現在就對櫻這麼說。

可是他不能這麼做。

為了勉強保護自己，櫻已經用絕望與棄世的念頭麻痺自己的精神。一個嬌弱的少女為了抵抗難以忍受的苦痛，只能用這種方式把「感覺痛楚的自己」抹去。

雁夜不能對這麼一個孩子說些『不要放棄希望』或是『好好保重自己』之類殘酷的話語。這種一時的安慰話只能讓說話的本人心裡好過而已。給予櫻希望就等於是剝除她那一層名為「絕望」的內心防禦，這樣會讓櫻稚嫩的身心在一夜之間崩潰。

所以——

雖然兩人同住在間桐家的屋簷下，但是雁夜從來不稱自己是來「拯救小櫻」。他只是扮演著和櫻一樣被臟硯「欺負」的軟弱大人，陪伴在櫻的身邊而已。

「……那麼叔叔要走了。」

雁夜見自己的眼淚停了，放開抱著櫻的手。櫻露出平常看不到的柔和表情，仰望著雁夜左半邊殘廢的臉龐。

「……嗯，拜拜，雁夜叔叔。」

雖然年紀還小，但是櫻已經察覺到在此時應該說別離的話語。

看著櫻緩緩離去的寂寥背影，雁夜此時誠心、深切地祈禱……希望一切還來得及挽救。

他自己無所謂。他已經決定為了葵與櫻兩母女捨棄自己的性命。對他自身來說，所謂的「無可挽救」是打贏聖杯戰爭之前，自己的生命就先走到了盡頭。

真正讓他害怕的是櫻「無可挽救」——縱使雁夜贏得聖杯，將櫻送回母親身邊，那名少女的心靈是否就能卸下那副牢固的絕望外殼，重新回到外界呢？

櫻在這一年所受的心理創傷一定會跟著她一輩子吧。雁夜希望至少她的心傷能夠隨著時間流逝而漸漸痊癒，他只希望櫻的精神還沒有受損到無法挽回的地步。

雁夜所能做的只有祈禱。能夠治療那位少女的人不是他，他的生命所剩無幾，無法扛下這份責任。他只能把這一件事託付給擁有未來的人們了。

雁夜轉身走向通往地下蟲倉的階梯。腳步緩慢，但卻堅毅不移。

-270:08:57

在冬木深山町的一隅，雜木林深處裡有一片空地。

韋伯・費爾維特小心確認周圍沒有人之後，開始著手準備召喚儀式。

第一件事就是將那些今天一整天大鳴大放，不斷忤逆韋伯神經的吵人雞隻全部痛痛快快地送上黃泉路。

韋伯必須趁著滴落的鮮血還溫熱的時候，在地面上繪製魔法陣的圖樣。

他事先已經把順序練習過好幾遍了。

在消去之中是退去，畫出四個退去陣之後再用召喚陣圍起來——先後順序絕對不容許出錯。

「封閉吧（盈滿吧）、封閉吧（盈滿吧）、封閉吧（盈滿吧）、封閉吧（盈滿吧）、封閉吧（盈滿吧）。每回重複五次。唯破棄充盈之時。」

韋伯一邊吟唱咒文，一邊小心翼翼地將雞血滴在大地上。

同一時間，同樣位於深山町的遠坂宅邸地下工房裡，也正在進行同一項儀式的前置作業。

「以銀與鐵為元素、以石與契約之大公為基礎、以吾門宗師修拜歐葛（Kischur Zelretch Schweinorg）為始祖。

以鐵壁阻擋降臨之風，封閉四方門扉。出於王冠，往至王國之三叉路循環不息。」

遠坂時臣一邊高聲吟唱，一邊畫出魔法陣。繪製魔法陣的材料不是活祭品的鮮血，而是熔解成液態的寶石。為了這一天，長久以來時臣積蓄了許多灌入魔力的寶石，今天他把這些寶石全都一古腦兒全用在儀式當中。

在他身邊觀禮的是言峰璃正與綺禮兩父子。

綺禮的視線直盯著放置在祭壇上的聖遺物。那件物品乍看之下像是木乃伊的碎片，聽說事實上是**這世界上第一隻蛻皮**的蛇皮化石。

一想到這件聖遺物將要召來的英靈，就連綺禮都不禁感到畏懼。

他現在終於明白時臣如鋼鐵般的堅定自信從何而來，只要是從靈就絕不可能勝過時臣選擇的英靈。

同一時刻，在遙遠天之彼方的艾因茲柏恩城，衛宮切嗣正在檢查剛才在禮拜堂地上畫好的魔法陣。

「用這麼簡單的儀式就可以了嗎？」

愛莉斯菲爾在一旁守候著。在她眼裡看來，召喚的準備工作似乎簡單地出乎意料之外。

「妳可能覺得很意外吧，其實召喚從靈並不需要什麼大規模的降靈儀式。」

切嗣一邊說明，一邊仔細檢視用水銀畫出來的圖紋有沒有歪曲或是顏色不均勻的地方。

「這是因為實際上召喚從靈過來的不是魔術師，而是聖杯。我這個召主只要把現身的從靈與這個世界連接在一起，提供魔力讓他們實體化就可以了。」

切嗣似乎對魔法陣的完成狀況很滿意，點點頭站起身子，然後把從靈的聖遺物——傳說聖劍的劍鞘設置在祭壇上。

「好，這樣子準備工作就萬無一失了。」

「召喚咒文已經背得滾瓜爛熟了吧。」

間桐臓硯再一次確認。身處暗處的雁夜點頭回應。

這片如深海般墨綠色的昏暗世界充斥著腐臭與酸腐水氣的味道。間桐家座落在深山町的山丘上，而這片黑暗世界就是隱藏在間桐家地下深處的蟲倉。

「那就好。可是我要你在召喚咒文中間另外再加入兩小節詠唱咒文。」

「什麼意思？」

臟硯對一臉狐疑的雁夜露出他一貫的陰沉笑容。

「沒什麼，只是小事一樁而已。雁夜，你的魔術師素質與其他召主比起來還有一段差距，這也會影響到從靈的基礎能力。那麼就必須利用從靈的職別加以補強，提升整體的能力數值。」

方法就是改變召喚咒文，先行決定從靈的職別。

通常在英靈成為從靈的時候，英靈的屬性會決定其職別，無法任意變更。但是有兩種職別例外，可以由召喚者在召喚之前先行決定。

一種是 Assassin。這是因為符合 Assassin 資格的英靈已經特定為一群襲名哈桑·薩巴哈的殺手集團當中的人。

而另外一種職別則是不管任何英靈，都要接受附加某種特殊要素始可符合其資格，因此——

「這次我要你在召喚出來的英靈身上加上『狂暴化』的屬性。」

臟硯似乎很喜歡這項行為背後所代表的毀滅性意義，他滿臉喜色地大聲說道：

「雁夜，你就成為『Berserker』之主，好好為我辦事吧。」

這一天，在不同的場所、向著不同對象唱出的咒語詠唱卻在同一時刻響起，巧合得讓人覺得不只是一種巧合。

每一位施術者在這時候心中都懷抱著相同的願望。

這群人為了爭奪那唯一的奇蹟，將要展開以血洗血的決鬥。他們向遙遠時空彼方的英靈們發出的懇求，此時一起響徹雲霄。

「傳告──」

此刻正是考驗自己身為魔術師價值的時候，只要一有失誤就會一命嗚呼。韋伯雖然切身感受到這種致命的危機，可是他完全不感到恐懼。

追求力量的熱情以及朝向目標勇往直前的意志力。只要提到這兩種特質，韋伯・費爾維特絕對算得上是一位優異的魔術師。

「──傳告。

汝之身交付於吾，吾之命運交付於汝之劍。

若願遵循聖杯之倚託，服從此理此意的話就回應吧──」

他感到魔力在全身奔流，任何魔術師都必須忍受這種魔術迴路在體內蠕動的刺骨寒意與痛楚。

韋伯咬著牙忍耐，同時繼續詠唱咒文。

「——在此立誓。吾乃成就常世全善之人；吾乃散播常世全惡之人——」

切嗣眼前的視界愈來愈昏暗。

刻在切嗣背上，衛宮家世承的魔術迴路為了支援他的魔術，正在各自獨立進行詠唱。切嗣心臟已經脫離他個人的意志，受到其他力量的驅動而開始劇烈跳動。

從大氣中吸收的魔力（Mana）正在蹂躪切嗣的肉身，現在他的身軀已經遺忘「人身」的機能，轉變為用來達成一項神蹟的零件，成為聯繫幽體與物質的迴路。

身體因為魔力的傾軋而發出哀號，切嗣無視痛楚繼續集中精神唸咒，就連在一旁緊張地看著他的愛莉斯菲爾此時都已經不在他的意識範圍之內。

雁夜將禁忌的異物混入召喚咒文當中，這兩節參雜進去的咒語將會讓降臨的英靈失去理智，把他貶為代表瘋狂的職別。

「——然汝之雙眼必為混沌所矇蔽。汝身陷狂亂之囹圄，吾將掌握束縛汝之鎖鏈——」

雁夜與一般的魔術師不同，是用別的生物當作魔術迴路寄生在體內。刺激刻印蟲使之活性化對身體的負擔就是造成其他魔術師完全比不上的劇痛。詠唱咒文之時，雁夜的四肢痙攣，全身毛細孔破裂，滲出鮮血。

從他免於殘廢的右眼當中也流出紅色的血淚，沿著臉頰滑落。

可是雁夜的集中力絲毫沒有稍減。

一想到自己背負的責任——他絕對不能退縮。

「——圍繞汝三大言靈之七天，自抑止之輪降臨吧，天秤的守護者——！」

唸完祝禱詞的同時，流進時臣體內的魔力奔流加速到極限。

狂風與閃電大作，就連在一旁觀禮的綺禮都被強烈的風壓吹得張不開眼睛。在風壓當中，召喚的紋樣燦然生輝。

魔法陣中的通路終於接上異世……一道金黃色的身影從刺眼的滔滔光海深處浮現。璃正神父為其威容所憾，忘我地喃喃說道：

「……贏啦，綺禮。這場戰鬥絕對是我們獲勝……」

魔術師的懇求聲就這樣傳達到「他們」的耳中。

由彼方來到此地，帶著旋風與閃光而現身的傳說幻影。

他們雖為人身，卻超脫凡人的領域，身懷非凡之力，提升至精靈之境。他們來自於抑制力的神座——一個集合所有超凡人靈的地方。所有人夢想中的英靈就在這一瞬間一起降臨在地球上。

然後——

此時凜冽的詢問響遍夜晚的森林，以及黑暗之中的石板道。

『回答我，你就是呼喚我的召主嗎？』

ACT.2

-268:22:30

召喚儀式順利成功，得意洋洋的韋伯原本期待能夠帶著愉快的心情結束今天一天的工作。

昨天他整夜都在和那些讓人痛恨的公雞纏鬥，今晚本來應該可以帶著完成崇高目標後的疲倦感和滿足感上床就寢的……

但是實際上……

「……事情怎麼會變成這樣？」

新都的市民公園朔風強勁，韋伯在寒風中縮著身子獨自一個人坐在長椅上。他到現在還無法理解，到底是哪個環節出了問題，讓整件事情完全與自己的計畫背道而馳。

召喚很成功，可以說得心應手。

在完成召喚的同時，召喚來的從靈能力也流進韋伯的意識中。英靈的職別是Rider，雖然不屬於三大騎士職別之一，但是基礎能力都在水準以上，毫無疑問是一名強力的從靈。

當韋伯看見一道昂揚高大的身影從白煙瀰漫的召喚陣法中緩緩站起的時候，他簡直激動地差點射精弄髒內褲。

……回想起來，好像從那時候就開始出狀況。

韋伯所認知的「使魔」就是召喚者手下的傀儡，仰賴魔術師提供的魔力才能勉強維持在這個世界的形體，不過是依照魔術師的意思自由使喚的木頭人偶。所謂的使魔本來就是這樣的東西，而從靈屬於使魔的一種，所以在他的想像中，從靈應該和使魔大同小異吧。

可是，出現在召喚陣裡的那個人……

那雙灼灼如炬的銳利眼神一開始就讓韋伯嚇得魂飛魄散。當兩人目光相接的瞬間，他那類似小動物般的本能察覺到，這個從靈強大無比，自己根本望塵莫及。

聳立在韋伯面前的巨漢具有讓人震撼的存在感，他甚至能夠嗅到那副筋肉隆起的強壯身軀上散發出來的野性氣息。不管那個人是幽靈還是使魔，他都是名副其實的「巨漢」。

韋伯已經知道聖杯召喚來的英靈降臨在世上時不光只是靈體，也能得到實質的肉體。可是這樣一具真真實實、肌肉結實的身軀就像一堵牆一樣擋在他面前，帶給韋伯超乎想像的壓迫感。

說個題外話，韋伯不喜歡個子高大的男人。

理由不光是因為韋伯的身高比一般人略矮，他的身體確實有一點點弱不禁風，可是這是因為他從小開始就埋首學習魔術，沒有時間鍛鍊身體，他一點都不覺得自卑。捨棄鍛鍊身體的時間而磨練出來的優秀頭腦才是他的驕傲。

可是這種天經地義的道理碰到壯漢的肌肉就毫無用武之地了。當這種人握住他們那有如岩石般的拳頭，起落之間的時間差短得根本讓人來不及反應。任何簡短有力的言論都沒有機會發表，也沒有時間可以使用魔術。

也就是說——面對這些肌肉男，只要讓他們靠近到拳頭可及的範圍就萬事休矣。

「……朕在問你，你是朕的召主沒錯吧？」

「啊？」

這是巨漢第二次發問。沉重的嗓音彷彿連大地都為之震動，韋伯不可能沒聽見，完全只是因為他震懾於那人的氣勢，所以沒注意到對方第一次問了什麼。

「對……對！我我我我就是……不，本人就是您的……不不，是你的召主，韋、韋伯．費爾維特。反正你的召主就是我啦!!」

雖然在許多方面都已經大勢已去，但韋伯還是奮力地虛張聲勢，對抗眼前的肌肉男……可是不知何時，他感覺對方的體格又變得比剛才更加巨大、更具壓迫感。

「嗯，這樣契約就算成立了。小子，快點帶朕到藏書室吧。」

「啊？」

韋伯又不得不愣愣地回問了一次。

「朕是說書，書本啦！」

巨漢從靈不耐地重複說道，對韋伯伸出有如松樹樹根般粗壯的手臂，好像整個人都要壓過來了。

正當韋伯以為自己小命不保的時候，他突然感覺身子一輕。巨漢抓住他的衣領，輕輕鬆鬆地把他拎了起來。這時候韋伯才發現自己剛才已經嚇得雙腳無力，癱坐在地上。難怪他剛才突然覺得對方好像又變大了一圈。

「如果你也是個魔術師的話，至少有一、二間藏書室吧。快點帶路，要準備開戰了。」

「開……開戰？」

在巨漢提起這件事之前，韋伯已經把聖杯戰爭的事情完全忘得一乾二淨了。

只是隨處找一戶人家寄居的韋伯當然不可能有什麼藏書室，莫可奈何之下，他只好帶著 Rider 到圖書館去。

尚在開發中的新都有一座市民公園，而冬木市的中央圖書館就位於市民公園當中。實際上韋伯很不願意在大半夜上街，這是因為最近在冬木市發生好幾起異常殺人案件，警方已經發布緊急事件宣言。對韋伯來說，被警察盯上盤問還算事小，眼前這巨大肌肉男不曉得會幹出什麼好事才讓他覺得擔心。

還好一走出樹林，巨漢的身影就消失得無影無蹤，這就是從靈特有的靈體化能力吧。如果帶著一名身穿鎧甲的壯漢在路上漫步，那可不是被人當作可疑人物就能了事，所以靈體化的能力對韋伯也頗有幫助。只是那股懾人的存在感仍然在韋伯身邊揮之不去，讓他的背後一直感到陣陣壓力。

所幸一路走來都沒有遇見其他人，兩人就這樣走過冬木大橋進入新都區，來到目的地市民公園。韋伯指著公園深處一棟格局精緻的近代建築說道：

「你要找書的話，那裡要多少就有多少……應該吧。」

說完，一直壓迫著韋伯的壓力飄然遠去。看樣子 Rider 直接以靈體的型態進入建築物了。

——韋伯就這樣一個人被留在外面，獨自等了三十多分鐘。從莫名威脅之下解脫的他，終於有時間冷靜下來好好整理思緒了。

「……事情怎麼會變成這樣？」

一想起自己剛才的醜態，韋伯就覺得難堪。從靈就算再強大，畢竟只是他的契約對象，身為召主的韋伯才掌有主導權。

韋伯召喚出來的從靈確實很強大，從他自肯尼斯那兒偷來的聖遺物來歷就能充分了解這一點。

英靈伊斯坎達爾。其他還有亞歷山大、亞歷山卓等名號也同樣為世人所知。相同的人名在不同的土地以不同的發音稱呼，這中間的發展過程正是那位英雄之所以被稱為『征服王』的緣由。這位大英雄年僅二十歲就登上馬其頓王位，之後隨即帶領古希臘對波斯發動攻勢，其後在不到十年之內席捲埃及，甚至遠達西印度，完成『遠征東方』的大業，締造後世稱為希臘化（Hellenism）文明的大時代，是一位名副其實的「大帝」。

即使是像他這種偉人中的偉人，一旦以從靈的身分被召喚出來，就絕對無法違逆召主。第一個原因是從靈必須依附韋伯才能現身在這個世界。那名彪形大漢是依靠韋伯供應的魔力才能與現實世界聯繫在一起。如果韋伯有個萬一的話，他也只能煙消雲散。

所有從靈都是因為某個理由才會回應召主的召喚……一個讓他們必須與召主一同參加聖杯戰爭，並且打贏的理由。換句話說，從靈和召主一樣有求於聖杯。許願機聖杯只會接受最後獲勝召主的願望，而跟隨他的從靈同樣也有權利獲得許願機的恩惠。

也就是說雙方的利害關係既然一致，從靈當然會和召主合作。

再加上召主還有一件最終法寶，就是手上的令咒。

三道令咒只要使用一次就會消耗一道，意味著這種絕對命令權只能使用三次。令咒是決定從靈與召主之間主從關係的真正關鍵。只要是經由令咒下達的命令，即便是自盡這種荒唐無比的指示，從靈也無法反抗。這就是『初始三大家』之一的魔奇理家所制定、後來成為從靈召喚儀式主幹的契約系統。

換個角度來說，召主如果把三道令咒全部用完，就會面臨遭到從靈背叛的危機。但是只要召主行事謹慎小心就可以避免這種風險。

沒錯，只要我的手上還有令咒——韋伯平息心中的焦躁，陶醉地看著手上的令咒，還一邊暗自竊笑——不管那傢伙的肌肉有多大塊，他都不可能反抗魔術師韋伯・費爾維特。

等那個從靈回來，一定要徹徹底底讓他了解這些鐵則……

就在韋伯心裡打著算盤的時候，從他身後突然發出一陣巨大的破壞聲。

「唏!?」

韋伯嚇得跳了起來，回頭一看。原本圖書館大門拉下的鐵捲門已經被扯得歪七扭八，從圖書館中踏著悠哉步伐出現在月光下的不是別人，正是韋伯的從靈・Rider。

韋伯第一眼看見 Rider 是在昏暗的森林中，所以這還是他第一次在照明充足的地方看清楚 Rider 的模樣。

他的身高恐怕超過兩公尺以上，從青銅鎧甲中伸出的裸露上臂與雙腿布滿結實緊繃的大塊肌肉，強大的膂力說不定能夠空手掐死一頭巨熊。輪廓線條深邃的臉龐配上一對隱隱綻放精光的眼眸，還有如同燃燒烈焰般火紅的髮鬚。他身上披著一件染成與鬍鬚相同顏色，以豪華繡飾滾邊的厚重鮮紅色斗篷，讓人聯想到掩蓋劇場舞台的簾幕。

一名穿著打扮如此古典的巨漢昂然挺立在近代建築設計的圖書館之前，這樣的畫面組合讓人甚至覺得有些滑稽。可是四周的警報系統鈴聲大作，嚇得韋伯惶惶不安，無暇為此發噱。

「笨蛋！你這笨蛋笨蛋笨蛋！你到底在想什麼，竟然踹破鐵門出來！為什麼不和進去的時候一樣變成靈體？」

韋伯大聲喝問。Rider 不知為何滿臉笑容，只見他舉起手裡拿的兩本書，說道：

「維持靈體狀態的話，這東西就帶不出來了嘛。」

那是一本厚重的精裝書籍以及一本又大又薄的冊子。Rider 似乎想要從圖書館帶走這兩本書，可是竟然為了這點小事擾亂社會治安，做主人的可是難以忍受。

「不要慢吞吞的！快走！我們要快點逃跑！」

「這麼慌慌張張的真是難看，又不是幹了什麼偷雞摸狗的事。」

「你這不是偷雞摸狗是什麼啦！」

韋伯大呼小叫地發脾氣，讓 Rider 略感不悅。

「當然不一樣。趁著天色昏暗潛逃是宵小之輩的行徑，高唱勝利的凱歌揚長而去才是征服王的掠奪。」

對方完全聽不懂自己的意思，韋伯氣得在頭上亂抓。只要手上拿著這兩本書，Rider 無論如何都堅持不化為靈體。他似乎打算當個夜半 Cosplay 怪人，就這樣在路上大搖大擺走回去。

走投無路的韋伯衝到 Rider 身邊，從他手中搶下那兩本書。

「我幫你拿總可以吧!?快點消失！馬上消失！立刻給我消失！」

「喔，那麼東西就交給你拿。千萬注意不要弄丟了。」

Rider 滿意地點點頭，再次消失不見。

可是韋伯沒有時間放心，圖書館的警報一定傳到某家保全公司。他不知道保全人員多久之後會趕到。

「啊啊搞什麼……事情怎麼會變成這樣啦!?」

韋伯發出今天不曉得第幾次的牢騷，拔腿就跑。

× ×

韋伯全力狂奔，一路跑到冬木大橋邊的人行步道才覺得安全，鬆了一口氣。

「呼——呼——呼——」

對平時疏於鍛鍊的韋伯而言，這一段地獄般的長跑簡直讓他跑得心臟幾乎炸開。他已經累得站都站不住，跪在路邊，然後把 Rider 從圖書館帶走的書拿出來檢視。

「……荷馬的詩集？還有這本……世界地圖？為什麼？」

那本裝訂精緻的硬殼書是知名古希臘詩人的作品，另一本薄冊子則是學校地理課堂上使用的彩色印刷教材。

一隻粗壯的手臂從不知所以然的韋伯背後伸過來，用指尖把地圖取走。

Rider 不知何時已經化出實體，盤起腿大剌剌地一屁股坐在路面上，一頁頁翻閱從韋伯手上拿回來的地圖。

「喂，Rider。你說準備開戰是什麼意思……」

「沒有地圖就不能作戰，這種道理還用得著說嗎？」

Rider 不知為何心情絕佳，喜孜孜地專心看著冊子第一頁上由古氏分瓣投影法所繪製的世界地圖。

「聽說全世界都已經被人類踏遍，而且是在一個封閉的圓球體上……原來如此，把圓形的大地畫在紙上就是這個樣子……」

就韋伯所知，英靈接受聖杯召喚成為從靈的時候，聖杯會將當代的知識傳授給他們，以利他們活動。意思就是說眼前這個古代人也明白一些道理，知道地球是圓形的。可是韋伯還是不明白為什麼 Rider 這麼想要看地圖，甚至做出像盜賊般強取豪奪的行為。

「嗯……喂，小子。馬其頓和波斯在哪裡？」

「……」

Rider 還是不改桀驁不馴的態度，對自己的召主不稱其名，竟然直呼為小子。韋伯雖然對 Rider 不敬的態度感到不太高興，但還是手指著地圖的某一角。突然——

「哇哈哈哈哈哈哈!!」

Rider 爆出一陣豪爽的大笑聲，讓韋伯嚇得縮起身子，心膽俱裂。

「哈哈哈!真是渺小!朕花了一輩子南征北討的土地竟然就只有這麼一丁點兒嗎!嗯，很好!在這個時代已經沒有人類未知的土地，朕本來還覺得有些擔心……如果世界這麼遼闊的話就沒有問題了!」

他的笑聲和他巨大的身軀一樣充滿豪氣。韋伯愈來愈覺得自己好像不是和人類同樣大小的對象交談，反而好像在面對一場地震或是龍捲風一樣。

「很好很好！真叫人興奮……小子，咱們現在在這張地圖的什麼地方？」

韋伯戰戰兢兢地指出位於東方一角的日本。Rider心中頗有所感，沉吟道：

「喔～～～～是在圓形大地的另一邊嗎……嗯，這倒也痛快。這樣行動方針就底定了。」

Rider摸著線條粗獷的下顎，心滿意足地點點頭。

「……什麼方針？」

「首先繞行地球半圈。我們要往西，一路向西行。將沿路經過的國家一一攻下，就這樣一路凱旋回到馬其頓，讓故鄉的百姓慶賀朕的重生。呵呵呵，很讓人振奮不是嗎？」

韋伯愣了半晌之後，感覺一股怒氣直衝腦門，氣到頭昏眼花。他怒吼道：

「你到底是來做什麼的？我們的目標應該是聖杯戰爭！要贏得聖杯啊！」

面對韋伯的咆哮，Rider反而興致索然地嘆了口氣。

「那玩意兒只不過是開始的第一步而已，何必為了那種小事特地——」

說到一半，Rider好像突然想起什麼事，拍了一下手。

「對了。說到聖杯，有件事應該要先問你。小子，你打算怎麼使用聖杯？」

Rider的語氣突然變得低沉又冷漠，讓韋伯感到一陣無以名狀的寒意。

「怎……怎麼突然這麼問？你知道了又怎麼樣？」

「這種事當然要先問清楚。如果你也想要逐鹿天下的話，那就代表你也是朕的敵人。這世上不需要有兩位霸主。」

Rider這句話說得輕鬆自在，絲毫不以為忤。但是對持有令咒的召主來說，這卻是最大膽狂妄的發言。可是Rider粗重的嗓音當中只不過流露出一絲冷峻氣息，就讓韋伯打從心底顫抖起來。這種深刻的恐懼感讓他完全忘了自己身為召主所具有的根本優勢。

「笨……笨蛋。什麼天下不天下……」

韋伯結結巴巴說到這裡，忽然他想起自己必須展露威嚴。

「什……什麼征服世界。哼，我對這種低俗的願望沒有興趣！」

「喔？」

Rider的表情一變，興致盎然地看著韋伯。

「你是說身為男子漢大丈夫，還有其他比掌握天下更偉大的志願嗎？這倒有趣，說來讓朕聽聽吧。」

韋伯輕哼一聲，拿出他所有膽量擺出冷笑的表情。

「我……本人只希望獲得世人最公正公平的評價，讓時鐘塔那些從來不認同本人才氣的傢伙重新改變想……」

話還沒說完，韋伯感到一陣空前絕後的衝擊撞上自己。

幾乎在同時，他好像聽見Rider暴喝一聲「太小氣啦!!」。但是衝擊和怒號聲的震撼都太強烈，不相上下，甚至讓他分不出兩者的差異。

事實上，Rider只不過是像拍蚊子一樣甩了韋伯一巴掌，沒用多少力氣。可是對這個矮小又體弱的魔術師來說，力道似乎已經過重了。韋伯像顆陀螺般轉了好幾圈，最後無力地癱倒在地。

「狹隘!小氣!愚蠢!你託付於戰場的宿願只是想展現自身的價值?你這樣也算是朕的召主嗎?真是可嘆哪!!」

Rider似乎無法接受韋伯所說的話，但他沒有生氣，反而帶著有些悲傷的訝異表情痛罵魔術師。

「啊……嗚……」

韋伯這輩子第一次被迫屈服於這種直截了當、毫不掩飾的暴力之下。比起臉頰的疼痛，被人毆打的事實更讓韋伯的自尊深受打擊。

韋伯臉色蒼白、嘴脣顫抖。可是Rider一點都不在乎他的憤怒。

「如果你這麼想讓別人崇拜你的話……這個嘛……小子，你就用聖杯的力量讓你再長高三十公分。個頭拉這麼高的話，大概所有人都得抬著頭仰望你啦。」

「你……你……」

這簡直是前所未有的屈辱。韋伯狂怒過度，感覺眼前一陣有如貧血般的昏眩，渾身發抖。

不可原諒，無論如何他都無法忍受這種事。

這個壯漢不過只是從靈，區區的僕役之身，居然徹底否定韋伯的自尊心。賭上韋伯・費爾維特的威信，就算對方是大羅天仙，他也絕不容許此等奇恥大辱。

韋伯右手緊握，指甲深嵌進手掌中——將力量送進手背上的三道刻印中。

「告予令咒，依循聖杯之規律——讓此人，吾之從靈——」

我要讓Rider……怎麼樣……？

韋伯並沒有忘記，他是為了什麼原因放棄時鐘塔，大老遠跑到這個遙遠東方的鄉下地方來。

這一切都是為了贏得聖杯，韋伯就是為了這個目的而召喚從靈的。他和英靈之間的齟齬只能發生兩次，第三次之後他就會喪失令咒。對召主來說，這意味著無可挽救的失敗。

難道此時此刻他就要第一次面臨這等重要關頭嗎？召喚完成到現在還不到一個小時啊？

韋伯低著頭，重複深呼吸幾次，以他的理性與深思熟慮勉強壓抑住心中那股瘋狂的怒氣。

不能急躁。Rider 的態度確實讓人難以忍受，但是這個從靈並沒有對韋伯武力相向，也沒有反抗他的命令。

韋伯手中馴服這頭猛獸的皮鞭只能揮動三次。只不過被吼了一、二聲，不能隨隨便便就這樣使用它。

等到情緒完全平復下來之後，韋伯才終於抬起頭。Rider 還是坐在地上，好像已經忘了剛才痛罵召主的事情，甚至連召主的存在都拋到九霄雲外去了。他背對著韋伯，正在專心看地圖。韋伯沉著嗓子不讓感情流露出來，對 Rider 那異常寬闊的背影說道：

「只要拿到聖杯，本人就沒有其他意見，之後你要做什麼本人都不管。無論是馬其頓還是南極，你想去哪裡就去吧。」

Rider 只是心不在焉地咕噥一聲，根本不知道他有沒有把韋伯的話聽進去，或者只是虛應了事。

「……總而言之，你應該明白事情的輕重緩急吧？你會認真參與聖杯戰爭吧？」

「哎呀，你真煩，這種事朕當然知道。」

Rider 把視線從地圖上移開，回頭瞥了韋伯一眼，不耐煩地抱怨。

「首先第一步要先把六個從靈收拾掉對吧？雖然費事，不過沒有聖杯的話，確實一切都只是空談。你放心吧，朕一定會把那件寶物拿到手。」

「………」

Rider 雖然說得信心滿滿，但是韋伯還是有點不放心。

這個英靈確實不是空口說白話。韋伯成為召主之後具有一種從靈感應力，他也感覺到 Rider 的能力值非常出色。

可是從靈之間的戰鬥不只是比誰的力氣大而已。聖杯戰爭沒有這麼單純，就算具備強韌的肉體也不代表一定能在戰場上存活下來。

「看你說得這麼有自信，你有什麼勝算？」

韋伯故意挑釁，盡力擺出傲態瞪著 Rider。言下之意主張自己是召主，當然可以對從靈展現強硬的態度。

「你的意思是說你想見識朕的能耐？」

在韋伯的注視下，Rider 的口氣隨之一變，變得既沉穩又冷淡，讓韋伯感到有些惴惴不安。

「沒，沒錯。這很正常吧？你要證明給我看，讓我知道能不能相信你的能力啊。」

「哼……」

身材壯碩的從靈發出一聲嗤笑，從腰間拔出配劍。那柄寶劍雖然作工精良，但是從劍上感覺不到什麼魔力，應該不是寶具。可是Rider手中拿著利刃，一觸即發的氣氛讓韋伯驀地感到一陣不安。該不會因為說話稍微大聲一點他就要砍我吧……？

Rider對膽顫心驚的召主看也不看一眼，將出鞘的寶劍高舉過頭。

「征服王伊斯坎達爾以此劍一斬問鼎天下霸權！」

Rider昂然朝向虛空大聲喊道之後，對著什麼都沒有的空間猛然揮了一劍。

突然，有如落雷一般的巨響以及劇烈震動撼動深夜的河岸邊。

韋伯嚇了一跳，再度腿軟滾倒在地上。Rider的劍應該只是空揮一下，他究竟砍到了什麼……？

韋伯親眼目睹空間被那一劍切斷，開了一道寬大的口子向裡面翻，從裡邊出現了一樣無比強大的物事。

這時候韋伯想起究竟何謂從靈。

一位英雄能夠成為不朽傳說的原因不光只是英雄人物本身，還包括關於他的故事、他所使用的武器或機械等具有「象徵性」的事物。這種「象徵性」正是英靈的分身——從靈所隱藏的最後王牌、終極絕招，也就是俗稱為『寶具』的必殺武器。

韋伯能夠確定，現在Rider從虛空中拿出的那項物事一定就是他的寶具。韋伯能夠感覺蘊含在那件物事內異常的魔力密度。那股力量已經超越人世常理，甚至更在魔術之理的範疇之上，屬於奇蹟之理的境界了。

「朕以前就是像這樣一劍斬斷車轅上的繩索才得到這玩意兒，這本來是戈迪亞斯王（Gordias）奉獻給宙斯的貢品……朕被安排在Rider之座想必就是因為這玩意兒的傳說吧。」

Rider雄糾糾地說道，語氣當中並沒有任何自誇自滿之意。但是他看著這項兵器，臉上浮現的驕傲笑容證明他從以前就十分鍾愛這件武器，對它有絕對的信心。

「不過這玩意兒只不過是小意思而已，朕真正仰賴的寶具另有他物。以後有機會再讓你見識見識，不過那還得看是不是真的有強敵值得讓朕祭出那件法寶。」

韋伯以敬畏的眼神望著Rider。因為他是魔術師，能夠理解眼前這件寶具的破壞力有多可怕。以近代武器形容的話，大概足以匹敵戰略轟炸機吧。如果有一小時的時間讓這件寶具任意發威的話，輕易就能將新都一帶全區化為一片焦土。

韋伯能夠百分之百確定，再也找不到任何比Rider更強的從靈了。他的力量遠遠超過韋伯的想像。如果有這個男人打不倒的敵人，恐怕也只有天降神威才能將其制伏吧。

「喂，小子。就算你擺出這樣一臉呆相，聖杯也不會自己跑到你手上來啊。」

Rider不懷好意地咧嘴一笑，對著仍然癱軟在地上，站不起來的召主說道。

「如果你想早點拿到聖杯的話，就快點找出一、二個英靈的藏身處。朕馬上去把他們好好蹂躪一番……在你找到之前，朕就看看地圖打發時間，相信你不會有任何意見吧？」

韋伯臉上的表情好像尚未回魂似的，慢慢點了點頭。

-221：36：01

艾因茲柏恩城位於天之涯、海之角，長年為冰雪所封閉。

遠古的魔術師悄悄地延續血脈，居住在這杳無人跡的深山古城中。這一天古城好不容易有機會擺脫暴風雪，獲得解脫。

天氣雖然稱不上晴空萬里，但是乳白色的天空比起下雪的日子已經明亮許多。這片寒冷的大地雖然沒有振翅飛翔的鳥兒和蒼鬱的草木，但至少還有充足的陽光。

在這種天氣晴朗的日子，不管父親再忙碌、再疲勞，兩人都會相偕到城外的森林散步。這是伊莉雅斯菲爾・馮・艾因茲柏恩與衛宮切嗣之間所立下的不成文規定第一條。

「好，我今天絕對不會輸！」

伊莉雅斯菲爾意氣風發地說道。她走在父親前面，一步一步在森林中前進。

她那雙小小的雪靴一邊辛苦地踏破厚重的白雪，機靈的雙眼還忙碌地左右檢視周圍的林木，絲毫不敢大意，務求不漏掉任何一個目標。少女現在正與父親進行一項正式比賽。

「哦，我找到了。這是今天第一個。」

聽見切嗣在身後得意地說道，伊莉雅斯菲爾又驚又氣，眼神一變，轉過頭來問：

「你騙人！哪裡哪裡？我明明看得很仔細。」

切嗣對著漲紅了臉，大表不滿的愛女投以驕傲的笑容，指著頭上的一根小樹枝。包裹在白雪中的核桃樹枝上露出一株小巧玲瓏的核桃冬芽。

「呵呵，我先搶到分數囉。就這樣子一路贏下去吧。」

「我才不會輸呢！今天絕對絕對要贏！」

父女倆在冬天的森林中比的是尋找核桃芽的競賽。伊莉雅今年的戰績是十二勝九敗一平手，總計數量四二七株，而切嗣則是三七四株。雖然目前還是伊莉雅大幅領先，但是切嗣在最近幾次競賽中一口氣搶下三連勝，讓冠軍感受到莫大的壓力。

伊莉雅認真起來，急著繼續往前走。切嗣看著她的模樣，臉上忍不住苦笑。父親找到的每一株胡桃芽她都要一一確認過，看得出來今天女兒也很拚命，自己玩的小把戲這次恐怕要穿幫了。

「啊，有了。伊莉雅也找到一個了。」

伊莉雅興奮不已，從她背後又傳來切嗣壞心眼的低笑聲。

「哈哈，爸爸也找到第二株囉。」

這次伊莉雅好像一隻被水濺到的貓，跳了起來。

「哪個？哪個？」

對少女來說，這次她敢用自己的自尊打包票絕對萬無遺漏。實際上她真的沒有疏忽，只是和她比賽的對手愛耍些幼稚的小聰明而已。

切嗣想到待會十秒鐘後伊莉雅的反應，努力忍著笑意，指一指自己宣稱剛找到的「第二株核桃芽」。

「咦？可是這根樹枝不是胡桃樹啊？」

切嗣所指的樹枝根本不是伊莉雅要找的目標，所以她之前完全沒有理會。

「不對喔，伊莉雅。這棵樹叫做水胡桃，它是核桃的好朋友喔，所以那也算是核桃芽。」

伊莉雅不明就裡，沉默了二、三秒後，鼓起紅紅的臉頰大喊道：

「你好奸詐～～～～～～～～!!奸詐奸詐奸詐！原來切嗣一直在作弊騙人！」

切嗣的確是作弊。從上上次的比賽開始，他故意把水胡桃的胡桃芽也一起算進來。這種違規行為已經不只是作弊，根本就是硬凹。

「可是如果不作弊的話，爸爸根本沒有勝算嘛。」

「不可以這樣！只有切嗣知道的核桃不算數！」

忿忿不平的伊莉雅斯菲爾舉起兩隻小拳頭，不斷敲打父親的膝蓋。

「哈哈哈，可是伊莉雅，這樣妳又學到新的知識不是嗎？妳要記住，水胡桃的果實和核桃不一樣，不能吃喔。」

父親根本沒有在反省，伊莉雅齜牙咧嘴地露出威嚇表情。

「如果切嗣老是作弊的話，伊莉雅以後不要和你一起玩了。」

「那就糟糕了。對不起、對不起，我道歉嘛。」

切嗣收到女兒下的最後通牒，立即讓步，老老實實地道歉。伊莉雅見狀，終於又重展歡顏。

「答應我不要再作弊囉？」

「答應答應，我不會再把水胡桃算進去了。」

切嗣嘴上說歸說，卻在心中暗自竊笑。這次他還有化香樹這一手可以用……

伊莉雅斯菲爾根本還不懂得懷疑他人，渾然不知父親沒有記取教訓，心中又在打歪主意。天真的她滿意地點頭，挺起胸說：

「很好，那伊莉雅就繼續陪你比賽，冠軍隨時隨地都願意接受挑戰。」

「是，在下感到很光榮，公主殿下。」

為了證明切嗣的順從之意，今天的胡桃芽探險就決定由切嗣來當馬兒了。

「哈哈！好高，好高喔！」

伊莉雅最喜歡坐在父親的肩頭上。即使是她的腳踏不到底的深厚雪堆，切嗣修長的雙腿也能輕易走過去。而且視野變高，她找起核桃芽也更方便。

「好，出發！」

「Jawohl（遵命）!!」

切嗣讓女兒跨坐在自己肩上，小跑步在樹林中穿梭。驚險的刺激感讓伊莉雅斯菲爾興奮地哇哇大叫。

肩頭上的重量好輕，讓為人父者感到萬分不捨。

在伊莉雅斯菲爾出生之前，切嗣並沒有育兒經驗，也不知道小孩子如何發育才算健康。可是他的女兒今年即將屆滿八歲，體重卻還不到十五公斤，怎麼想都知道這不是正常現象。

原因可能是因為她出生的時候曾經接受過度的調整，切嗣與愛莉斯菲爾的掌上明珠成長明顯比較遲緩，今後就算她的年齡繼續增長，也不知道身體能不能發育到成人的體格。

不，說不定期待也只是枉然。不管切嗣心中怎麼想，他所具備的魔術知識早就已經做出最無情的判斷。伊莉雅斯菲爾的發育十之八九在第二性徵的前期階段就會停止。

即使如此，切嗣還是希望伊莉雅過得幸福快樂，不要怨恨自己的身世。這種願望只不過是為人父母的自私心態，可是每當這個願望刺痛他的心，那陣傷痛卻同時也證明了切嗣心中有愛。

×　　×

一雙如同翡翠般碧綠的眼眸，正從城堡的窗邊望著父女倆在森林入口嬉笑的小小身影。

少女佇立在窗邊，身形沒有一絲嬌弱之態。一頭金髮即使紮了起來，仍然看得出髮絲柔滑細緻。她纖細的身上穿著一套古典禮服，把她襯托地有如大家閨秀般清麗。但少女具有一種凜然不可侵的英氣，只是在窗邊一站就讓房內氣氛緊繃。不過她冷淡的神色不像冰雪那樣冷酷無情，而是如同一泓清流般澄澈清朗，與艾因茲柏恩城冬天沉重陰鬱的景色有些格格不入。

「妳在看什麼？Saber。」

聽見背後愛莉斯菲爾的呼喚，站在窗邊的少女——Saber回過頭。

「……我看到妳的千金和切嗣在外面的森林玩耍。」

少女的眉頭輕蹙，嚴肅的表情好像有些訝異，又有點疑惑，但是卻完全無損她的美貌。這位美麗少女有一種少見的氣質，英氣煥發的嚴肅眼神反而比輕佻的嬌笑更適合她。

少女身上年輕又充滿生命力的存在感讓人難以相信她竟是實體化的英靈。可是她的確就是『Saber』……聖杯召來的七位英靈其中一人，位居最強的劍之座，如假包換的從靈。

愛莉斯菲爾走到她身旁看向窗外，正好看見切嗣肩上扛著伊莉雅斯菲爾，往森林深處奔去。

「切嗣那種不同的一面讓妳覺得很意外嗎？」

愛莉斯菲爾笑著說道，Saber 老實地點頭回應。

從她的位置始終看不到小女孩的表情，只能勉強看見小女孩遺傳自母親的銀髮而已。可是當兩人從她的視線中消失之際，小女孩的笑聲確實充滿了歡樂。從她的笑聲就足以看出正在玩耍的父女倆關係多麼和睦。

「如果容我不客氣的說，我以為我的召主是一個更加冷酷的人。」

聽到 Saber 這麼說，愛莉斯菲爾不知該如何說明，苦笑道：

「也難怪妳會這麼想。」

自從Saber被召喚出來的那一刻開始，身為召主的切嗣從未對她說過一句話。對魔術師來說，把從靈視為召主的僕人，當作道具般使喚或許的確是正常的態度。但是切嗣對待Saber的表現極度冷漠。他完全不和Saber對話，就算Saber主動開口詢問也從不理會，甚至沒正眼看過她。切嗣就這樣將自己召喚出來的英靈拒於千里之外。

Saber表面上雖然對切嗣這種目中無人的態度不動聲色，然而內心肯定十分不滿。此時在城外與愛女嬉戲的男人與她心中既有的人物印象兩相比較之下，當然覺得有如天壤之別。

「如果那就是切嗣平常的模樣，可見召主真的很不喜歡我……」

Saber不悅地低聲說道，表情流露出一絲平時在她嚴肅的臉龐上無法窺見的真實心情。愛莉斯菲爾忍俊不住，笑了出來。Saber見狀更是不滿。

「愛莉斯菲爾，這有什麼好笑的嗎？」

「……對不起喔。我在想，妳是不是還對召喚時的事情耿耿於懷。」

「是有一些……我的形貌與眾人的想像不同，這種情況我已經習慣了。可是你們兩人又何必那麼驚訝。」

雖然Saber看起來威風凜凜又充滿威嚴，但實際上她的外表只不過是十五、六歲左右的少女。之前當她從發光的召喚陣中現身之時，參與儀式的切嗣和愛莉斯菲爾兩人都訝異地瞠目結舌。

這也難怪，因為切嗣召喚的英靈在歷史上是一名男性偉人。

後世任誰都想不到康瓦爾出土的黃金劍鞘之主、持有聖劍斷鋼神劍（Excalibur）而揚名世界，獨一無二的騎士之王——

亞瑟．潘德拉剛竟然是一名年紀輕輕的少女。

「……我以前確實表現地像個男人，這個謊言也如同我的希望，在後世歷史中沒有被拆穿……但是懷疑我不是那只劍鞘的主人，老實說讓我覺得很不愉快。」

「話雖如此，可是這也是沒辦法的啊。妳的傳說太出名，在這一千五百年的時光之間又加油添醋了不少。妳和我們熟知的亞瑟王印象實在差太多了。」

看著愛莉斯菲爾苦笑的表情，Saber不滿地嘆了一口氣。

「妳們對我的容貌有意見我也沒辦法。我從石中拔出契約之劍的時候就被施了不老的法術，外表年齡不再成長。再說當時臣民們對我這個國王的外表根本沒有任何疑問，他們只希望我善盡身為一國之主的職責而已。」

這樣的青春時光是多麼嚴酷。

那時候不列顛飽受異教徒的侵略，正面臨毀滅的危機。這位「龍之化身」的年輕君王依照魔術師的預言肩負起救世主的責任，在十年的歲月中總共打贏十二場大戰。可是這位不幸的君王雖然立下功勳無數，最後卻因為親人的背叛而失去王位，悲慘地結束一生。

這樣一名纖纖少女竟然背負著如此波瀾壯闊，又令人痛心的命運。如此殘酷的真相讓愛莉斯菲爾感到心情沉重。

「切嗣他……因為我的真實性別是女人，所以瞧不起我，認為我沒有資格拿劍嗎？」

Saber不知道愛莉斯菲爾心中的感慨，遠眺切嗣父女倆進入的森林彼端，低聲說道。

「不會的，他看得到妳的能力。而且他是很細心的人，不可能像妳說的那樣錯估一位得到Saber之座的英靈……假使他真的覺得憤怒，也是因為其他原因吧。」

「覺得憤怒？」

Saber聞言，反駁說道：

「妳是說我激怒了切嗣嗎？這種說法更莫名其妙，我甚至還沒有和他說過一句話。」

「我的意思是他的怒氣不是針對妳個人，而是我們至今口耳相傳的亞瑟王傳說。」

如果切嗣召喚出來的亞瑟王英靈和傳說中一樣，是一名「成年男子」，他應該不會如此排斥從靈。他只會收起任何感情，冷淡地與從靈維持最低限度的往來。可是他沒有這麼做，反而貫徹「視若無睹」的態度。從另一種角度來看，這是一種極為情緒化的反應。

當切嗣得知拔出石中契約之劍的人只是一名年輕少女的時候，他便對亞瑟王傳說的一切懷著難掩的憤怒。

「我想他是在氣妳那個時代在妳身邊的那群人吧。那些殘酷的人把『國王』的職責推給一位小女孩，還完全不以為意。」

「這件事沒有什麼是非對錯可言。當我準備從石中拔劍的時候，就已經做好心理準備了。」

這句話當中沒有任何自卑之意，Saber 臉上的表情依舊冷澈。愛莉斯菲爾對她無奈地微微搖頭。

「……切嗣最氣的，就是妳像這樣接受了命運安排。如果單看這一點，或許他的怒氣的確是針對少女阿爾特利亞（Arturia）也說不定。」

「……………」

不知是否無言以對，Saber 默默低下頭。可是她馬上又抬起臉龐，眼神中更加充滿不變的堅持。

「這種感傷是多餘的。在我的時代，包括我以內所有的人一起作了這個決定，不需要旁人置喙，說三道四。」

「所以他什麼都沒對妳說啊。」

被愛莉斯菲爾一句話輕輕帶過，這次反而真的讓Saber為之語塞。

「他早就已經放棄了，衛宮切嗣與英雄阿爾特利亞再怎麼樣都不可能接納彼此。就算交談，雙方也只會互相否定彼此而已。」

關於這一點，愛莉斯菲爾也抱持同樣的意見。她和Saber共同生活的時間愈久，愈深刻體認到這位心高氣傲的英靈和衛宮切嗣的心性截然不同。

愛莉斯菲爾能夠了解兩人的主張，也各自有深表同感的部分。正因為如此，最後她才判斷這兩個人絕對不可能彼此交心。

「……愛莉斯菲爾，我很感謝妳。如果沒有妳在的話，這次的聖杯戰爭我可能早就已經不戰而敗了。」

「我一樣也很感謝妳啊。我也希望丈夫能夠成為最後奪得聖杯的召主。」

切嗣很久以前就擔心自己與英靈阿爾特利亞的個性不合。為了解決這個問題，他想出了一個任何人都想像不到的妙計。

那就是從靈與召主完全分開，各自行動。

召主與從靈之間的契約本來就沒有距離上的限制，不管相距多遠，召主的令咒還是能約束從靈。只要召主沒有陷入不省人事的狀態，就可以持續對從靈供給魔力。即使如此，召主還是要陪同從靈一起戰鬥的原因單純只是為了溝通。在戰鬥中有很多場合需要審慎的判斷力，不能將一切判斷都交給從靈自己決定。召主無論如何都需要留在戰鬥現場，擔任司令官指揮從靈。

切嗣決定放任從靈，召主自己單獨活動的原因當然不是因為他信任Saber。他把監督Saber的職責交給愛莉斯菲爾，讓她成為自己的代理人。

這項抉擇並非是毫無根據的決定。就算切嗣的從靈有背叛之心，只要她還想得到聖杯，就絕對不會殺害愛莉斯菲爾。如果沒有愛莉斯菲爾，就算Saber打倒所有從靈也無法得到聖杯。為了讓冬木的聖杯降靈，必定需要愛莉斯菲爾祕藏的『聖杯容器』。因此Saber有必要像保護召主一樣，保護愛莉斯菲爾的安全。

這種特殊的編組完全是考量到切嗣與Saber在戰術上的契合度。Saber屬於騎士型的英靈，不管是從靈能力或是寶具性能，各個方面都適合「正面對決」。最重要的是她的個性，她絕對不會答應採用正面對決以外的任何取巧戰術。可是她的召主衛宮切嗣在本質上卻是仰賴計策謀略的殺手。這麼一來，這兩人當然不可能連袂行動。

切嗣認為從契合度的角度上來說，愛莉斯菲爾反而比較適合擔任Saber的搭檔。

他的結髮之妻雖然是人工生命體，不是人類。但是她畢竟還是名門艾因茲柏恩家的一分子，擁有與生俱來的氣質與威嚴。在她身上確實具備了騎士所效忠服侍的淑女風範。

實際上，Saber 與愛莉斯菲爾從召喚之後的一連數天一直生活在一起，寢食與共。隨著兩人相識相知，對彼此的敬意也日漸深厚。愛莉斯菲爾出生後接受環境的潛移默化，具備一身高貴素養，就和 Saber 在自己的時代中所熟悉的「公主殿下」相同。Saber 的禮節風度對出身背景良好的愛莉斯菲爾來說，同樣也讓她覺得應對得宜、備感親切。

因此當兩人告知 Saber 不是契約上的召主切嗣擔任她的搭檔，而是由切嗣的妻子愛莉斯菲爾擔任「代理召主」之時，Saber 很爽快地答應了。考慮到現實的問題，她也對自己與召主切嗣之間的協調性感到不安，也知道愛莉斯菲爾比切嗣更適合做她的主人，能夠讓她充分發揮實力。於是兩人並非以從靈與召主的身分締結契約，而是依照騎士的禮儀立下主從之誓，現在也一起為了聖杯戰爭做準備。

「在愛莉斯菲爾的眼裡，切嗣究竟是什麼樣的人？」

「他是我的丈夫，同時也是領航者，為我的人生帶來意義……可是妳想問的不是這種事對不對？」

Saber 頷首。她想知道的不是愛莉斯菲爾的主觀印象，而是她無從得知的衛宮切嗣的另一面。

「他其實是個性格善良的人，只是因為他太善良了，無法原諒這個世界的殘酷。為了對抗世界，他只好盡量讓自己變得比任何人還要冷漠。」

「這種決心我也能感同身受。如果要站在決策者的地位，就必須屏除人性情感來面對一切才行。」

在這層意義上，切嗣與Saber或許可以說是很相似的兩個人。切嗣對亞瑟王的英靈所抱持的感情，也許就是一種同性相斥的感覺。

「愛莉斯菲爾曾經說過，希望利用聖杯的力量拯救世界，還說這是妳和切嗣的願望。對吧？」

「是的，雖然我只是聽他的願望現學現賣而已。可是我認為這個願望確實有賭上性命的價值。」

聽見愛莉斯菲爾說的話，Saber眼神中滿懷熱情，點頭說道：

「我寄託在聖杯上的願望也是一樣。無論如何我都想要保護當初無法親手捍衛到底的不列顛……我認為妳和切嗣的目標很正確，是一條值得驕傲的路。」

「是這樣嗎……」

愛莉斯菲爾微微一笑，含糊其辭。

驕傲——這就是問題所在。

愛莉斯菲爾的腦海中想起丈夫說過的話。那是切嗣向她說明為什麼要和 Saber 分開行動的真正原因。

『妳們兩個人就盡量在戰場上好好表現。不要逃也不要躲，盡量大鳴大放。讓每個人的目光都集中在 Saber 這個從靈身上。

因為他們注意 Saber，就等於對我露出死角。』

……切嗣完全無意把戰局交給愛莉斯菲爾與 Saber 主導，他打算以自己的手段主動改寫戰況。為了讓暗殺者悄然無聲潛到敵人身後，使這個陷阱更加周全，Saber 只不過是扮演誘餌的角色，吸引敵人的注意力而已。

雖然切嗣叮嚀愛莉斯菲爾千萬不能露出口風。但是只要戰爭開打，切嗣的行動就會讓一切不言自明。之後這位清廉高傲的騎士究竟會做何感想……？現在一想到這件事，愛莉斯菲爾就覺得擔憂。

「愛莉斯菲爾，妳一定相當了解切嗣，而且很信賴他吧。」

Saber 不知道愛莉斯菲爾心中的憂愁，望著窗外父女倆親密玩耍的模樣。

「只要這樣看著你們，我心中不禁會有一種想法。希望你們夫婦能像平凡的一家人一樣，獲得平凡的幸福。

可是如果切嗣同樣也認為我不該當國王，應該去追求凡人幸福的話……恐怕這兩種願望都一樣難以實現吧……」

「……妳願意這麼想，不去怨恨切嗣嗎？」

「當然。」

Saber帶著坦然的表情點頭說道。這讓愛莉斯菲爾心中對背叛這位從靈的罪惡感愈來愈深重。

「可是愛莉斯菲爾，妳有時間陪我在這裡閒聊嗎？」

「什麼意思？」

愛莉斯菲爾回問道。Saber好像很難以啟齒似地撇開視線。

「我的意思是說——妳是不是應該像切嗣那樣和妳的女兒道別比較好？明天我們不是就要出發前往聖杯顯現的那個叫做日本的國家嗎？」

「啊，妳是說這件事嗎……不要緊的，我和那孩子之間不需要道別。」

愛莉斯菲爾微微一笑。這是對Saber的關心表達感謝之意，但是笑容中卻隱藏著一絲讓人不安的空虛與寂寥。

「就算身為愛莉斯菲爾的我不在了，也不代表我就此消失。只要她長大成人之後，自然就會了解這一點。因為那孩子和我一樣都是艾因茲柏恩家的女性啊。」

「……」

Saber雖然無法完全理解愛莉斯菲爾這番謎樣的話語，可是卻感覺到這句話中隱含著不祥的意義，她正色說道：

「愛莉斯菲爾，妳一定會活下來的。我以這把劍的榮耀發誓，一定會護妳周全。」

騎士嚴肅的宣言讓愛莉斯菲爾露出愉快的笑容，點點頭說：

「Saber，為妳和妳的召主取得聖杯吧。屆時艾因茲柏恩家就能達成千年來的宿願，我和我的女兒也將會從命運中解脫——就靠妳了，阿爾特利亞。」

這個時候的Saber還無法了解愛莉斯菲爾的憐憫笑容背後有什麼意義。

她的銀髮如白雪般閃耀動人，玲瓏精巧的美麗容貌中充滿溫暖與慈愛。究竟這位女性背負著什麼樣的宿命而誕生——騎士還需要一段時間才會知道一切真相。

×　　×

尋找胡桃芽的比賽在光明正大的競爭之後，最後由伊莉雅斯菲爾獲勝，冠軍終於中止三連敗。順帶一提，在艾因茲柏恩的森林中找不到任何一株化香樹。

兩人結束比賽，肩並肩緩緩踏上歸途。因為他們已經走進森林深處，艾因茲柏恩城的壯麗外觀在暮靄的掩蓋之下，看起來就和皮影戲當中的背景一樣模糊不清。

「下次比賽就等切嗣從日本回來之後囉。」

成功報仇雪恥的伊莉雅斯菲爾滿臉笑容地仰望父親。切嗣盡力裝出平靜的表情看著那張讓他難以直視的笑靨。

「是啊……下次爸爸也絕對不會輸的。」

「哼哼，切嗣再不加油的話，我們之間的差距很快就會拉大到一百株囉。」

對一名身上背著許多負擔的男子來說，愛女得意萬分的笑容實在是太過沉重的負荷。

到底該如何向她說明？如何告訴她今天或許就是父女之間最後的回憶。

切嗣不敢輕視接下來等著他的激烈戰鬥，可是無論如何他都要獲勝。為了達到目的，就算要他豁出性命也在所不惜。

即使他和女兒約定再來這座冬之森林遊玩，這個約定也不比在聖杯戰爭中獲勝來得更重要。

為了拯救一切而放棄一切。

男子曾經立下這樣的誓言。對他來說，情愛只是阻礙他前進的荊棘。

這道詛咒讓他每次愛上某人，就要做好可能失去這份愛的心理準備。這就是衛宮切嗣為了理想的代價而背負的宿命。情愛只會傷害他，絕對無法治癒他的心。

可是為什麼？切嗣瞭望凍結的白色天空與大地，自忖道：

為什麼我會如此深愛著那位女性與繼承自己血脈的親生女兒呢？

「切嗣和母親大人的工作要花多久時間？你們什麼時候回來？」

伊莉雅斯菲爾完全不知道父親的痛苦，興奮地問道。

「爸爸大概只要兩個星期就會回來——媽媽她，我想可能要再等一段時間吧……」

「嗯，母親大人也已經告訴伊莉雅了。她說我們會分開很久很久。」

伊莉雅表情天真地回答道。這句話讓切嗣受到難以平復的沉重打擊，踏破路上積雪的雙腿幾乎喪失力氣。

妻子已經有所覺悟，也讓女兒做好了心理準備。

因為衛宮切嗣將會從這幼小的少女身邊奪走她的母親。

「昨天晚上睡覺前，母親大人告訴我說今後就算無法和伊莉雅再見，也會一直待在伊莉雅身邊，不用覺得寂寞。所以伊莉雅從今以後也會一直和母親大人在一起。」

「……是嗎……」

這時候切嗣意識到自己被鮮血染紅的雙手。

這雙手已經不曉得殺死多少人，早已經汙穢不堪。他一直告誡自己，絕不能像普通的父親一樣用這雙手擁抱自己的孩子，他不允許自己這麼做。

可是這樣的自律本身是否就是一種逃避呢？

這孩子今生已經再也沒有機會讓母親抱在懷裡了。如果連父親切嗣都放棄自己的責任……將來又有誰還能給予伊莉雅斯菲爾溫暖的擁抱呢？

「……聽我說，伊莉雅。」

切嗣叫住走在身邊的女兒，彎腰伸手摟住少女的背。

「……切嗣？」

在這八年間，每當他像這樣抱住女兒嬌小的身軀，就會質疑自己的父性。他厭惡自己擺出一副自以為是父親的架子欺騙她，也嘲笑自己捨不得放棄父親的角色。

可是他再也不會這麼想了。今後他必須以這孩子父親的身分，接受懷中這份溫暖。他不再逃避，也沒有一絲虛情假意。

「伊莉雅，妳願不願意等一等？在爸爸回來之前，就算覺得孤單寂寞妳也能忍耐嗎？」

「嗯！伊莉雅會忍耐的，我會和母親大人一起等切嗣回來。」

伊莉雅斯菲爾一定也希望能帶著愉快的心情結束今天這值得回憶的日子，開朗活潑的語氣當中完全沒有一絲哀愁。

「……那麼爸爸也和妳約好，絕對不讓伊莉雅等太久。爸爸一定很快就會回來。」

衛宮切嗣的肩上又扛下了一副擔子。

一邊忍耐著那名為情愛的荊棘束縛全身的痛楚，他緊緊地抱著自己的孩子良久良久。

-221：24：48

雨生龍之介一向很瞧不起恐怖血腥電影，但是他也知道這種娛樂有其存在的必要性。

不光只有恐怖片，還有戰爭片、驚悚片，甚至是普通的冒險片或是劇情片。為什麼這些虛構的娛樂總是對描寫「人類的死亡」如此樂此不疲？

或許透過觀察由虛構因素的糖衣所包裝過的死亡，就能讓觀眾降低對死亡的恐懼吧。

人類以自己的「智慧」為傲，害怕「未知」的事物。因此無論是多麼畏懼的對象，只要累積「經驗」，能夠「了解」它的話，就能克服恐懼，以理性征服它。

可是唯獨「死亡」……人們無法從生活當中體驗「死亡」，沒有辦法真正了解它。所以人類只好觀察他人的死亡來想像死亡的本質，試圖用模擬的方式去體驗死亡。

當然，人的性命在文明社會是受到高度保護的，所以模擬體驗也只能仰賴虛構。但是如果生活在一個戰亂之地，日常生活中周遭的人常常因為轟炸或地雷而喪命的話，大概沒有人會想要看什麼恐怖電影吧。

虛構娛樂同樣也可以應用在肉體痛楚、精神壓力等人生各式各樣的不幸上。如果某一種事件太過危險而不能親自體驗的話，那就觀察他人的體驗，藉此克服、消除不安。於是乎，在電影螢幕與電視螢幕上總是充斥著慘叫、哀怨以及苦悶的淚水。

這是一件好事，龍之介能夠理解。從前他比常人更害怕「死亡」，特效化妝的慘死屍體、紅墨水做的血沫，以及逼真演技詮釋的尖聲大叫。如果觀看這些因素所重現的「老套死亡秀」就能夠在精神上矮化、並且征服死亡的話，龍之介一定很願意當個恐怖電影愛好者吧。

可是雨生龍之介這個人似乎具備比常人更敏銳的感性，更能分辨死亡的真假。對他來說，虛構的死亡實在太過於粗淺。不管是圖片還是影像，全都是粗製濫造，只能騙騙小孩，當中完全感受不到「死亡的本質」。

常常看到有一種言論認為虛構電影中殘酷劇情的描述對青少年有害，但是雨生龍之介認為那種說法只是惹人發噱的笑話而已。如果血腥恐怖片的鮮血與尖叫能再逼真一點的話，或許他就不會成為殺人狂了。

所有的結果只是來自於他難以抑制的好奇心。龍之介真的希望能夠了解「死亡」為何物。動脈出血時鮮豔的紅色、腹腔內那些東西的觸感以及溫度、犧牲者的內臟被扯出後到斷氣之前，他們所感受到的痛苦以及譜出的慘叫樂章。再也沒有什麼虛構情節比真人上演更加逼真了。

人人都說殺人是一種罪惡。可是仔細想一想，不是有人說地球上擠了超過五十億的人口嗎？龍之介很清楚這個數字多麼龐大，因為他小時候曾經數過公園裡小石子的數目，他大約數了一萬粒左右就放棄了，那時候的無力感讓他想忘也忘不了。人命的數目是一萬的五十萬倍，而且每一天還有數以萬計的生命誕生或死亡。龍之介的殺人行為又有何舉足輕重呢？

況且龍之介每殺一個人，都會徹底享受那個人的死亡，有時候還會花上大半天的時間觀賞「逐漸死亡的過程」，直到被害者斷氣。這種刺激與經驗、以及一個人到死之前所帶來的情報量等等，比一條一無是處的生命繼續苟活著更加有益得多。只要想到這一點，雨生龍之介的殺人反而可說是一種具有生產性的行為。

龍之介抱持著這樣的理念輾轉各地，到處殺人。他不怕法律的制裁，因為他已經用手銬囚禁過好幾個人，到最後已經相當「了解」身為階下囚的感覺，完全不感到害怕。他也已經充分「觀察過」絞刑和電椅會造成什麼樣的死亡。他雖然不怕法律的制裁，但還是繼續躲避檢察官的追緝，原因只是因為就算他放棄自由與生命進了監牢，對他也沒有什麼好處，倒不如繼續快樂地過日子。他認為以一個正常人來說，這才是積極健康而且正確的生活方式。

他會把殺害對象的生命力、對人生的依戀、憤怒與執著等等感情全部刺激出來，好好享用一番。犧牲者到死之前這段時間所表現出的最後模樣可以說是他們人生的縮影，精采而深有寓意。

看起來庸庸碌碌的人在死前可能會做出一些奇特行為。相反的，看起來奇怪的人也有可能死得平凡無奇。長久以來閱人無數的龍之介在研究死亡、精通死亡的同時，對於死亡的另一面——也就是生命同樣也頗有心得。他殺人愈多，對人生的了解就愈精深。

知識與領悟本身會塑造出一種風格與威嚴。

龍之介所知道的詞彙無法正確解釋他所具備的這種人性魅力。如果硬要簡短描述的話，「Cool」這個字彙便可以說明一切。

打個比方，就像是去一家時髦的酒吧或是俱樂部。還不習慣這種娛樂場所的時候，會因為不了解那裡的環境而覺得格格不入，也不知道要怎麼玩才有趣。但是隨著幾次經驗下來，漸漸學會行為規矩，便會成為店家歡迎的常客，熟悉感覺之後甚至可以支配店裡的氣氛。那就是Cool的生活方式。

說起來，龍之介非常習慣「人命」這張凳子坐起來的感覺。他是一名天生的玩家，就這麼像品嘗新品牌的雞尾酒一般，一次又一次物色新的犧牲者，盡情享受他們的滋味。

事實上在夜晚的享樂世界當中，龍之介就像是一盞招引小蟲子的捕蟲燈，常常吸引異性的注目。他既瀟灑又剽悍，言行舉止卻讓人猜不透、看不穿，散發出一種悠閒以及威風，形成強烈的魅力蠱惑著女性。龍之介每每將他誘來的成果當作下酒菜一般享用，如果遇到真正喜歡的女孩子，也時常和她們進展到把對方變成一團模糊血肉的深厚關係。

夜幕下的城市一直都是龍之介的狩獵場，而獵物們直到最後一刻之前都不會發現龍之介這個狩獵者的可怕。

有一次龍之介在動物節目當中看到獵豹，便對牠優雅的身段深深著迷。他甚至對獵豹那種精練的捕獵方法有一種親近的感覺。獵豹這種猛獸在各種方面看來都是一種非常Cool的動物，足以讓他奉為表率。

自此之後龍之介就把獵豹的形象當成一種自我意識，總是在衣著的某處飾上豹紋。可能是外套或是長褲；鞋子或是帽子，如果看起來太過誇張的話就換成襪子或是內衣褲，有時候也可能是手帕或手套。琥珀色的貓眼石戒指如果沒有戴在中指的話，也經常放在外套的口袋裡。他還貼身配戴一條用真正豹牙所製作的墜飾。

說到殺人魔雨生龍之介，最近他正遭逢「缺乏熱情」的嚴重事態，為此備感煩惱。他前前後後已經吞噬了三十多名犧牲者。可是殺到現在，各種處刑以及拷問手段來來去去都差不多，已經逐漸失去新鮮感。龍之介試過所有他想得到的手法，不管凌虐哪種獵物，看著他們臨死前的樣子，都已經無法讓他嘗到以前的感動以及興奮了。

決心回到原點的龍之介回到闊別五年的老家。他等到夜深人靜，雙親都熟睡之後，走進後院裡的倉庫。他把他手下第一名犧牲者藏在這個連家人都已經棄置不用、半頹圮的倉庫中。

五年不見的姐姐形貌已經完全走了樣，但是仍然留在龍之介當初藏匿她的地方等著弟弟回來。和沉默不語的姊姊見面並沒有帶給龍之介多大的感動。正當他覺得自己白跑了一趟，深感失望的時候，忽然看見堆積在倉庫的垃圾山中，有一本幾乎已經腐朽的古書。

這本薄薄的線裝書到處都是蟲蛀出來的洞，似乎不是印刷書而是私人手札。在書本最後一頁寫著慶應九年，也就是說這本書是在一百多年前的幕府末年時期所寫下的。

恰巧龍之介在學生時代接觸過一些漢文書籍，對他來說，要看懂這本手札不是什麼難事——但是書中的內容卻讓他難以索解。筆跡清晰的細筆文字所寫的內容是一些關於妖術之類荒誕無稽的胡言亂語。而且書中隨處可見關於伴天連或撒旦云云的內容，看來是一些關於西洋魔術的描述。內容還寫著以活人獻祭給異世界的惡魔，召喚出式神之類，完全就像是傳奇小說的世界。

洋學在江戶末期的時代屬於一種禁忌，關於魔術的書籍更是禁忌中的禁忌。這本書如果只是寫來當作玩笑的話，龍之介覺得內容實在有些誇張，不過對他來說書中內容有多少可信度其實根本不重要。光是在老家倉庫挖出一本古老的魔法書籍這一點就已經夠 COOL、夠 FUNKY 了。這樣的刺激已經足以讓殺人魔找到新的靈感。

龍之介馬上就把活動據點轉移到書中稱作「靈脈之地」的場所，再度開始他黑夜的狩獵行動。雖然他不知道這塊現在被稱為冬木市的土地上究竟有什麼特殊的涵義，但是他把新的殺人行動重點放在營造氣氛，務求能夠忠實重現古書上的記載。

最初龍之介把夜遊的離家少女在夜晚的廢棄工廠中做成活祭品，結果讓他感到出乎意料地刺激有趣。這種他從未嘗試過的儀式殺人方法完全擄獲他的心。食髓知味的他很快地接連幹下第二起、第三起犯行，將這個和平的地方都市徹底打入恐懼的深淵。

就這樣，現在是雨生龍之介數來第四次犯案——這次是在住宅區中央。闖入一家四口民宅的他正陶然沉醉在惡行當中，但是同樣的事情重複四次，狂熱之意不免有些消退。來自理性的警告聲一直在腦海中的一隅對他叨叨絮絮地喃喃不休。

這次說不定真的太放肆了。

以前龍之介的活動範圍遍及全國，一邊殺人一邊在各地移動，在同一地點從來不會殺人超過兩次以上，處理遺體的時候也格外小心，他手下的犧牲者現在大多還被當作協尋中的失蹤人口。

可是這次他連續犯案，完全不隱藏遺體或是物證，不斷地刺激媒體。

龍之介愈想愈覺得這種行為實在愚不可及，過度拘泥於儀式讓他完全忘了平時的謹慎小心。特別是這次殺人更是失序，之前三次在他用鮮血畫魔法陣的時候，總是因為因為血不夠用而失敗。他打定主意這次一定要把魔法陣畫完，所以決定多殺幾人，可是把睡夢中的一家人全部殺光或許真的太過招搖了。警察應該會拚了命追查，住在附近的居民也會更加提高警覺。更重要的是這種殺戮行為根本不符合獵豹神祕優雅的風格。

總之龍之介下定決心，今晚過後不再在冬木市殺人。

他很喜歡黑色彌撒風格的表演，今後還是會持續下去，但是可能需要自制一些，改為三次犯案之中進行一次就好。

龍之介在心中做好打算，重新集中精神，將注意力放在儀式上。

「♪封閉吧（盈～滿吧）、封閉吧（盈～滿吧）、封閉吧封閉吧（盈～滿吧）、封閉吧（盈～滿吧）。每回重複四次……咦？是五次？啊～～～～～唯破棄……充盈之時……這樣沒錯吧……嗯。」

龍之介一邊哼哼唱唱一邊背誦召喚咒語，同時用毛刷在客廳地板上繪製鮮血圖樣。本來進行儀式應該要更莊嚴肅穆一些，可是這種死板板的做事方法不是龍之介的風格。說重視氣氛不過是自我滿足，有Feeling才是最重要的。

今晚龍之介依照那本書上的圖示，一口氣就把魔法陣畫完。這麼簡單就成事，準備工作反而都白搭了。為了畫魔法陣，他還殺掉雙親與長女，把他們的血先抽出來預備著呢。

「♪封閉吧（盈～滿吧）、封閉吧（盈～滿吧）、封閉吧（盈～滿吧）、封閉吧（盈～滿吧）、封閉吧（盈～滿吧）。這次就是五遍沒錯啦，ＯＫ？」

他把剩下的血液隨意塗抹在牆上，過過當畫家的乾癮。然後回頭看向倒在房間角落的生還者——那是一個被繩索綑綁，口部被勒住的國小男生。龍之介注視他的臉想看看他的反應，可是小男生只是用哭腫的雙眼目不轉睛地看著姊姊與父母被解剖的殘骸。

「喂，小鬼頭。你認為這世上真正有惡魔存在嗎？」

龍之介像是演戲般刻意歪著頭，向顫抖不已的孩子問道。嘴巴被封住的小孩子當然沒辦法回答，只是更加恐懼地縮起身子而已。

「那些報紙或是雜誌常常叫我什麼惡魔惡魔的。可是你不覺得很奇怪嗎？我一個人殺的人全部加起來，只要用一顆地雷一下子就超過了耶。」

小孩子很好，龍之介最喜歡小孩子。大人害怕地又哭又叫的模樣有時候看起來相當醜陋不堪，但是小孩子的哭喊就直讓人覺得憐愛了，就算怕到失禁他也能一笑置之。

「其實要我當惡魔也ＯＫ，我是無所謂啦。不過這樣一來，如果另外真的有惡魔存在的話，對人家不就有點失禮嗎？這一點就是讓我覺得怪怪的。『哈囉囉，我是雨生龍之介，惡魔是也！』，我可以這樣自我介紹嗎？只要想到這件事，我就覺得非得查個明白。到底真正的惡魔存不存在。」

龍之介的情緒愈來愈興奮，在害怕的孩子面前表現地甚是親切和善。他有一個怪癖，平時要他開尊口說句話都覺得懶，但是只要一見血或是站在瀕死之人的面前，他就會像變了個人似地滔滔不絕說個不停。

龍之介留下么子不殺，單純只是因為三人份的血量就已經夠用，沒有什麼特別的意思。他只是想等儀式結束後再試試有沒有其他比較有趣的殺人方法。

「可是呢……你想想，如果真的有惡魔出來，我如果沒有一點準備的話不就只能和他喝茶聊天，你不覺得這樣很好笑嗎？所以說囉，小鬼頭……如果惡魔先生登場的話，你就讓他殺，好不好？」

「……！」

就算是年幼的孩子也知道龍之介所說的話有多麼不正常。龍之介見那孩子叫都叫不出聲，只能睜大眼睛不斷扭曲身體掙扎的模樣，忍不住捧腹大笑。

「被惡魔殺死是什麼感覺呢？是痛痛快快地死掉，還是屍骨不全地嗝屁？不管怎麼樣我都覺得這是一次很寶貴的經驗喔，這種事可是難能——好痛！」

一陣突如其來的尖銳刺痛，打擾了龍之介的亢奮心情。

這陣刺痛感來自右手的手背……事先毫無任何預兆，感覺就像是被烈性藥水潑到一樣。雖然刺痛只是一瞬間的事，但是之後的麻痛感卻殘留在皮膚表面久久不退。

「……這是……什麼？」

不曉得什麼原因，在他還有些疼痛的右手背上不知不覺被畫上像是刺青一樣的紋路。

「……哦。」

在龍之介還沒來得及感到詭異以及不安之前，他身為時髦男性的品味最先做出反應。雖然還不知道是怎麼一回事，不過這圖紋就像是三條蛇彼此交纏，看起來有點像Tribal雜誌上的刺青圖案，倒是帥勁十足。

可是龍之介的孤芳自賞很快就被打斷。他感覺到背後有空氣流動，更是一驚，回過頭去看。

起風了。在完全封閉的室內根本不可能會有這麼強的氣流。最初只是輕柔微風，逐漸變成一陣旋風，在客廳內肆虐。

龍之介難以置信地看著地上用鮮血畫成的魔法陣，不知何時竟然開始泛出磷光。

他本來就很期待會發生什麼稀奇的事情，可是完全沒料到竟然會發生這麼光怪陸離的現象。這種誇張的表演就像是龍之介最瞧不起的低級恐怖電影。但眼前發生的事情不是騙小孩的特效，而是如假包換的事實，讓他想笑也笑不出來。

如同龍捲風般的狂風蹂躪整個客廳，讓人幾乎連站都站不住。電視機或花瓶等生活用品都被吹起，砸個粉碎。發光的魔法陣中央飄起一陣霧狀物，開始有小型的閃電在霧中迸射。龍之介對眼前這有如異界般的光景一無所懼，他就像是個沉醉於魔術表演的小孩子一樣，滿懷期待地看著。

來自未知的誘惑。

從前龍之介在名為「死亡」的未知領域中發現這種動人的誘惑。在他不斷殺人之後，曾幾何時他已經感受不到那股吸引力。但是當初那道光輝此時就出現在他的眼前——

閃光以及如同落雷一般的巨響。

一陣衝擊流過龍之介全身，就像是被高壓電流殛傷的感覺。

雨生家一脈曾經擁有一股代代相傳的異形之力。這股現在連後世子孫都已經遺忘，卻仍綿延繼承下來的血統，使得龍之介體內沉睡的神祕遺產『魔術迴路』在此時就像被大海嘯沖刷一樣釋放出來。流入龍之介體內的「外界之力」正在他體內剛剛疏通的通路中循環，然後再流出外界，由來自異界之物所吸收。

——說起來，這真是例外中的例外。

原本冬木的聖杯是依照自身的要求而需要七位從靈。並不是有資質的人召喚從靈，取得成為召主的資格，而是由聖杯自行挑選出七位有資質的人選。

呼喚英靈也是一樣，基本上是由聖杯進行召喚。魔術師花費心力執行儀式，只是為了能夠進一步加深自己與從靈之間關係的防範對策而已。就算魔法陣畫得歪七扭八，詠唱咒文念得調不成調，只要有人表示願意奉獻自身做為寄體的話，聖杯的奇蹟就會發生……

「——回答我。」

從朦朧霧氣當中傳來一陣語氣輕柔，但卻出奇清晰的聲音問道。

狂風不知何時已經止歇，魔法陣的光輝也已經褪去，描繪在地板上的鮮血彷彿被燒焦似地變得焦黑乾枯。逐漸散去的薄霧當中，剛才問話的人忽然出現在龍之介的眼前。

那人的年紀似乎還不太老，臉上沒有一條皺紋。泛著油光的臉頰配上一對圓睜的雙眼，再加上焦黃的臉色，讓龍之介聯想到孟克的繪畫。

那人的服裝也同樣奇異怪誕。高大的細瘦身軀裹著好幾層寬大長袍，還有華美的貴金屬夾釦裝飾。衣著打扮活脫脫就像是從漫畫中蹦出來的「邪惡魔法師」。

「呼喚我、尋求我，讓我藉 Caster 之座降臨於現世的召喚者……在此詢問你的名號。你，是何人？」

「……」

龍之介有些詞窮。這個人從鮮血的召喚陣中出現的時候又是打雷又是冒煙——但實際上一看卻平凡無奇。雖然龍之介沒有特別期待一定要長得什麼奇形怪狀，但是對方不是三頭六臂的怪物，和一般人沒啥兩樣，反倒讓龍之介覺得不知所措。雖然這個人身上的衣服確實怪裡怪氣，卻看不出來他究竟是不是真正的惡魔。

龍之介搔搔頭，打定了主意。

「呃……我叫做雨生龍之介，職業是自由業。興趣是各種殺人手法，喜歡小孩子與年輕女性。最近回歸基本，熱衷於剃刀之類的利器。」

長袍男子頷首。看起來除了姓名之外他什麼也沒聽進去。

「很好，契約成立。你追求的聖杯也是我渴望得到之物。我們一定能夠得到那萬能之釜。」

「聖……杯……？」

龍之介歪著腦袋，一時之間還聽不懂這怪人在說什麼。聽他這樣一說，那本在倉庫找到的古書上好像確實有這段的紀錄。因為看起來莫名其妙，所以龍之介當時只是看看而已，並沒有特別留意。

「……算啦，難懂的事情就擺到一邊去，來吧。」

龍之介輕佻地擺擺手，下巴朝著躺在房間角落的小孩子努一努。

「為了慶祝我們認識，先來一點下酒菜吧。你要不要嘗一嘗那個？」

長相奇特的男子頂著一張面無表情的臉，來回看著被五花大綁的小孩以及龍之介，沉默不語。龍之介甚至不知道他明不明白自己說的話和意圖。他突然覺得一陣不安，自己的邀約說不定非常冒失。仔細一想，有誰規定惡魔一定喜歡吃小孩子？

男子默默地從長袍中取出一本書。那本書的裝訂很厚重，是一本書籍仍是貴重品的時代的古董書，彷彿就像是惡魔隨身攜帶的小道具一樣。

龍之介一眼就看出封面裝訂的皮革是什麼材質。

「啊，好猛喔！那是人皮對不對？」

龍之介看過人皮是因為他以前曾經活生生地剝下被害者的皮膚想要拿來做燈罩。不擅長手工的他最後半途放棄，但是知道有一位先進完成一件類似的作品，還是不禁讓他崇拜不已。

男子只瞥了龍之介一眼，無視龍之介的讚美。他慢慢打開書本，迅速翻動書頁，口中喃喃說了一、二句不知何意的話語之後就把書收回懷中，沒有其他動作。

「……？」

男子不顧龍之介在旁邊看得莫名其妙，走向倒在地上的小男生。剛才發生的一連串怪事讓小男生更加畏懼，在地上拚死命掙扎蠕動，想要從男子身邊爬離。

龍之介發覺男子注視著小男生的眼神中充滿著溫柔慈愛，讓他愈來愈狐疑這究竟是怎麼一回事？

「——不用害怕，孩子。」

長相怪異的男子對小男生說道，柔和平靜的語氣與他的外貌極不搭配。被囚禁的少年此時才發現對方的表情充滿溫情，他不再掙扎，露出求救的眼神看著男子。

男子笑著點點頭，彷彿在回應男童的哀求。他彎下腰，對男童伸出手，動作輕柔地幫男童解開繩索以及勒口銜轡。

「你站得起來嗎？」

男子扶著雙腳幾乎無力的少年站起來，輕撫少年的背鼓勵他。

龍之介當然深信這名男子絕對就是惡魔，可是男子對待小孩子的態度卻讓他百思不解，難道這個人真的打算要救這個小孩？

而且龍之介愈看愈覺得這個男子的長相奇特。沉默不語的時候看起來就像死人一樣嚇人，但是一笑起來，臉上的表情又變得沒有一絲邪氣，如同聖人一般祥和。

「來吧，孩子。走那扇門可以到房間外面去。看著前方，不要四處張望。你要靠你自己的力量走出去——自己一個人會走嗎？」

「……嗯……」

男童堅強地點頭。男子笑容可掬地頷首，在男童小小的背上輕輕一推。

男童依照男子的吩咐邁開腳步，不再對雙親和姊姊的屍首看上一眼，直接穿過鮮血淋漓的客廳。門外的走廊通往二樓的樓梯以及玄關，只要走到那裡，他就可以從殺人魔的手中逃出生天。

「喂，站住……」

龍之介再也看不下去，開口叫喊，卻被男子迅速伸手制止。龍之介被那名男子的氣勢震懾，雖然心中七上八下，也只能束手無策地看著男童的背影走遠。

男童打開門，走到走廊上，玄關的大門口就在眼前，剛才還充滿著恐懼的眼神此時終於重新露出安心與希望的光輝。

就在下一瞬間，等待著男童的是最高潮戲碼。

走向玄關的男童正好背對著樓梯。從客廳看不到的樓梯轉角處忽然有什麼物體翻湧而下，撲向站在走廊的男童。那是一團極粗的繩索……不，是無數的蛇群……那些讓人難以形容的怪異生物……看起來像是生物器官的東西從男童背後將他從頭到腳緊緊捲起，強勁的力道一瞬間將矮小的身軀往樓梯拖去，帶往二樓。

接下來就是一陣淒厲無比的慘叫聲、無數生物一起舔舌的溼潤水聲以及細瘦骨骼斷折的輕脆聲響。雖然無法直接親眼目睹樓上發生了什麼事，但是這樣反而刺激想像力，更添恐怖氣氛。

長相奇特的男子閉目翹首，聆聽那有如噩夢般的音色，彷彿深深陶醉在其中。他放在胸口的手輕輕顫抖，看來似乎非常感動。

可是深受感動的人不只有那名怪人，還有龍之介也一樣……不，因為他完全沒有料想到會發生什麼事，所以感受到的滿足感更加強烈。

「恐懼是有新鮮度的。」

這名惡魔——龍之介現在已經毫不懷疑了——似乎還沒有從自己策劃的慘劇餘韻中

回過神來。他好像還在做夢一樣，陶陶然說道：

「一個人愈是害怕，他的感情就會漸漸死去。真正的恐懼不是靜態的狀態，而是一種動態的變化，指的是當希望轉變成絕望的那一瞬間。這種活生生又新鮮的恐懼與死亡滋味……你覺得滿意嗎？」

「——嗚——」

龍之介一下子還說不出話來。

樓梯上那個現在還在貪噬著孩童遺體的「東西」應該就是這個男子事先準備的吧。就像他本人從鮮血魔法陣中現身一樣，當他翻開那本用人皮裝訂的書本時，就已經發生了什麼變化。

雖然他的手法讓龍之介嚇了一跳，可是更了不起的是他那套恐怖哲學，龍之介根本望塵莫及。這種邪惡經由各種創意功夫千錘百鍊，幾乎達到唯美的境界。這個人擁有如此強烈又感人的「死亡美學」，唯有最高等級的溢美之詞才足以稱讚他。

「Cool！簡直棒透了！你真是超 Cool 的!!」

心中的喜悅幾乎讓龍之介昏了過去，他握著男子的手搖了又搖。不管是得到什麼摯友或戀人、還是結交了什麼有名人士，都不會讓他這麼感動吧。在這個無趣的世界當中，殺人魔雨生龍之介此刻初次邂逅了一位讓他由衷崇拜敬愛的人物。

「ＯＫ！我雖然不知道什麼聖杯不聖杯，總之我跟定你了！你要做什麼我都願意幫忙。快，再多殺幾個人！活祭品要多少就有多少，讓我欣賞更 Cool 的殺人方法吧!!」

「你這個人真是有趣呢。」

看到龍之介感動萬分的樣子，男子似乎覺得很愉快。他用那張柔和的笑容回應龍之介激烈的握手。

「你叫龍之介是嗎？我有一位像你這樣明理的召主真是萬幸。這樣我終於有機會可以實現我的宿願了。」

——如果在沒有聖遺物的情況下完成召喚，回應召喚的英靈就會是與召主人格特質相似的人。惡質的殺人魔無意之間召喚來的這個人之所以名留後世，是因為他的行徑之殘忍更甚於龍之介，是一位真正的殘虐英靈。不對，如果依照他的性格形容，稱為怨靈更為恰當。

「啊……對了。我還不曉得你叫什麼名字咧。」

龍之介終於想到一件重要大事，語氣親暱地問道。

「名字啊。這個嘛……說到在這個時代比較出名的稱呼……」

男子把手指放在嘴邊，想了一會兒。

「……那麼我就用『藍鬍子』這個名稱吧，以後請多指教。」

男子的語氣和善，露出天使般的微笑答道。

第四次聖杯戰爭當中的最後一組人馬——第七組的召主與從靈「Caster」就這樣完成了契約。一位偶然來到冬木的享樂殺人魔沒有身為魔術師的自覺，也不知道聖杯戰爭的意義，只因為一個單純的偶然而得到了令咒與從靈。

如果世上真有所謂命運的捉弄，那他們可以說是上天最糟糕的玩笑了。

-172:38:15

所謂夜深人靜時，萬籟俱寂……不過這種表現方式並不適用於魔術師以及從靈。闇影的英靈 Assassin 比任何人都更能鉅細靡遺地看見，在夜晚的黑暗當中，究竟有多少讓人屏息的進退攻防。

特別是對於集結在冬木市的魔術師來說，有兩個地方是他們注意的焦點，分別就是間桐家以及遠坂家那兩棟聳立在深山町山丘上，不分軒輊的豪華洋宅。

想要得到聖杯的召主就居住在這兩棟洋房當中，這已經是眾所皆知的事情。所以最近常常有低級使魔以監視為目的，不分晝夜在這裡出沒。洋房的主人當然早已預料到這種狀況，都已經在宅邸的庭院內設下一、二十層用來探測以及防衛的結界。以魔術的觀點上來看，他們等於已經將洋房改造成一座軍事要塞了。

身懷魔力的人如果沒有經過洋房主人的同意任意踏進結界的話，自然不可能全身而退。如果是像從靈這種龐大魔力的聚合體就更不用說。不管是實體還是靈體，就算用盡任何手段也不可能在神不知鬼不覺的情況下穿越結界。

可是還是有些例外，能夠將這種不可能化為可能，那就是 Assassin 職別所擁有的隱蔽氣息技能。Assassin雖然沒有出色的戰鬥能力，但是相反的，他卻能夠在魔力釋放降低到幾乎等於零的狀態下活動，如同鬼影般潛伏到目標身邊。

而且對言峰綺禮的從靈，也就是這次的Assassin來說，今天晚上的潛入任務更是輕而易舉。現在他所潛入的庭園並不是他們長久以來視為敵方陣營的間桐家，而是直到昨天還與綺禮保持同盟關係的遠坂時臣的宅邸。

Assassin當然也知道綺禮與時臣瞞著其他召主私下結盟。為了保護這個祕密約定，Assassin曾經數次擔任遠坂家的警備任務。他早已經確認過遠坂家的結界配置以及密度，對於結界的盲點當然也是了然於心。

Assassin在靈體狀態下輕鬆穿過好幾層警報結界。他一邊前進，一邊在內心嘲笑遠坂時臣的諷刺命運。那位傲慢的魔術師似乎非常信任屬下綺禮，他做夢也想不到竟然有一天會被自己養的狗反咬一口吧。

大約一小時之前，綺禮命令Assassin殺害時臣。雖然Assassin不確定是什麼原因促使綺禮決心背叛，但是起因應該是前幾天時臣的從靈召喚儀式吧。聽說和時臣締結契約的從靈是Archer，想來那名英靈可能不如綺禮想像中那麼厲害，如果因為這個原因使得綺禮與時臣的合作關係失去利用價值，就能解釋為什麼今晚綺禮會做出這樣的判斷。

『不用過度謹慎，就算和 Archer 對上也沒什麼好怕的。速速殺掉遠坂時臣。』

這就是召主綺禮所下達的指示。Assassin 的戰鬥力可說是所有從靈當中最弱，和他相比之下，Archer 竟然還被綺禮戲稱「沒什麼好怕」……看來時臣召喚的 Archer 英靈果真遠不如眾人的期待。

Assassin 來到庭院半途，結界中已經沒有什麼破綻可以讓他直接穿過，接下來就必須要用物理方法一邊拆除結界，一邊前進。在無形的靈體狀態下無法進行這項工作。

Assassin 蹲踞在灌木叢的陰影中，由靈體轉變成實體，現出頭戴骷髏面具的瘦長身形。他察覺從遠方有幾道「視線」落在自己身上，感覺不是遠坂家的結界。應該是其他召主的使魔從宅邸的結界之外監視遠坂家吧。只要沒有被時臣本人察覺，Assassin 完全不擔心這些偷窺者。時臣是搶奪聖杯的競爭者之一，他們不可能把 Assassin 入侵的事情告知時臣。眾人只會做壁上觀，看著其中一名對手一開始就被淘汰。

Assassin 發出無聲的竊笑，伸出手要去移動連結第一道結界的基石。

下一秒鐘，一柄晶亮的長槍從正上方如同閃電般飛來，刺穿他的手背。

「…………!?」

Assassin 感到劇痛、恐怖，但是更多的是驚愕。他完全沒有料到這柄閃耀長槍的攻擊，不可置信地抬起頭，尋找擲槍者的身影。

不，其實他根本連找都不用找。

一道雄麗的金黃色身影就挺立在遠坂家的三角形山牆屋頂上。那個人外表神威赫赫，全身閃閃發光，就連滿天星斗與皎潔白月的光芒都為之暗淡。

懾人的壓迫感讓 Assassin 心中滿是恐懼，甚至忘了受傷的憤怒與痛楚。

「你這隻在地上爬的螻蟻之輩，誰准許你抬頭？」

金黃色人影冷冷地質問道。那雙如同烈火般鮮紅的雙眸睥睨趴伏在地面上的 Assassin，語氣之中沒有鄙夷之意，只有無比的冷漠。

「你這隻螻蟻豈能直視本王。螻蟻之輩就要和螻蟻一樣，只能看著地面去死。」

金黃色的人影周圍出現無數道光輝。那些平空出現的光輝是一柄柄長劍與長矛，雖然全部都是不一樣的武器，但是每一件都是裝飾絢麗的寶物，而且尖鋒全部指向 Assassin。

Assassin 深知自己根本贏不了。這不是經由大腦思考的結果，而是來自本能的直覺。

不可能打得贏那個人，就連想和他一決勝負都是痴心妄想。

Assassin 雖然弱，但好歹是一名從靈。那個金黃色身形的人物既然能讓自己受傷，表示他肯定同樣也是從靈。而且他阻止自己入侵遠坂家，說明了他就是奉遠坂時臣為主的英靈 Archer。

是誰說「他」不足以畏懼!?

Assassin 心中對自己主人的保證感到狂怒，但他赫然發覺綺禮說的話其實沒有任何矛盾。

面對實力如此驚人的對手，確實沒什麼好怕……沒錯，因為他根本連害怕的餘力都沒有——

他只剩下絕望與無助而已。

無數的閃耀兵刃發出破風聲，朝 Assassin 落下。

Assassin 感覺到一陣視線，是那些在遠坂家外面觀看的使魔。其他的召主正在看著第四次聖杯戰爭中第一位落敗者，一位從靈連還手的機會都沒有，就這樣淒慘敗亡。

在最後一刻，Assassin 才終於發覺主人言峰綺禮……還有盟主遠坂時臣真正的意圖。

× ×

遠坂時臣舒服地倚在自己房內的搖椅上，聽著無數寶具斷肉切骨，甚至深深擊穿地面所發出的巨響。

「很好……事情進展得很順利。」

魔術師在檯燈旁喃喃自語道。此時有一道不同於檯燈燈光的金黃色光芒照亮他的側臉。

金黃色身影一出現，立刻將身旁的黑暗驅散殆盡。他就是剛才在屋頂上處決入侵者的那個人。從靈 Archer 化為靈體回到屋內，再度在時臣的房內現身，昂然站在面帶滿足神情的召主身邊。

近看那個人的形貌，這名青年修長挺拔的身軀穿著磨亮的金色鎧甲，有著一頭如同熊熊火勢般聳立的金髮以及端正俊俏的美麗容貌。他血紅色的眼眸明顯不同於一般人，散發著某種神祕的光輝，讓所有被他凝視的人都不由自主感到畏懼。

「你竟然為了此等瑣碎小事勞煩本王，時臣。」

時臣從椅子上站起，恭敬又優雅地執了一禮。

「豈敢，眾王之王。」

以召主對待從靈的態度來說，時臣的表現算得上是極為謙卑。可是遠坂時臣是真心願意竭盡禮儀對待他召來的這位英靈，並無絲毫猶豫。身為名貴血統的繼承者，他自詡比任何人都更了解何謂「人上人」。為了在本次聖杯戰爭中獲勝，時臣召來一名極其偉大的英靈。這名英靈不能當作使僕看待，應該以上賓之禮待之。

以Archer的身分降臨的這位男子正是『英雄王』基爾加梅修，曾經君臨古代美索不達米亞，半神半人的魔人。他也可能是史上起源最早的英雄、人類歷史上最古老的帝王。

對高貴的物事表達敬意是時臣的理念。不管他是否擁有令咒的支配權、或是雙方締結何種契約關係，這些因素都不足以顛覆貴賤的上下關係。就算這位身穿黃金甲冑的青年是從靈，也應當要用最嚴謹的禮節對待他。

「今晚之事乃是為了殺雞儆猴，避免今後諸事繁雜。展現『英雄王』的如斯天威之後，想必再也沒有任何野狗膽敢任意來犯吧。」

「嗯。」

Archer頷首認同時臣的解釋。時臣雖然竭盡禮節，卻不會顯得過度卑屈。英雄王也了解時臣這種不卑不亢的態度在這個時代是很難能可貴的。

「暫且先讓外面那群野獸自相殘殺，再來選定誰才是真正值得您下手獵殺的雄獅。在那之前還請您耐心等候。」

「好吧。看來目前還有時間四處閒遊以稍慰無聊之情。這個時代還頗為有趣。」

聽見Archer這麼說道，時臣忙用臉上的嚴肅表情遮掩心中些許的焦躁。

和時臣締結契約的從靈確實是最強的英靈，唯獨他喜歡隨著自己的好奇心四處遊蕩的任性習慣卻讓時臣頭痛不已。這位貴人自從現世之後，從來不曾有一晚乖乖留在遠坂家。今晚也是一樣，為了配合 Assassin 襲擊的時間，時臣費了好大的功夫才說服 Archer 留在宅內。

「……您中意現在的世界嗎？」

「難以言喻地醜惡，但也有其可愛之處。

不過最重要的是，這個世界是否有值得本王收藏的奇珍異寶。」

Archer 帶著諷刺之意笑道，凝視著時臣的紅色雙眸中隱含凜凜神威，頗有威嚇之意。

「如果這個世界沒有任何一件值得本王喜愛的寶物……因為無用的召喚讓本王白跑一趟的罪可是很重的，時臣。」

「請放心，聖杯必定可以合英雄王的意。」

「這要待本王看過之後再決定……也罷，姑且聽信你的說辭吧。這個世界所有寶物都屬於本王所有，不論那個聖杯是何等異寶，本王絕不可能坐視那些雜種竟敢未經本王的准許任意爭奪。」

英雄王不可一世地說道。旋即轉身，解除實體化，宛如一道雲霞般隱去身形。

『期待你所看上的什麼雄獅能夠陪本王玩兩招。時臣，瑣事細節就交給你了。』

時臣對著無影之影的語聲垂首行禮，一直低著頭，直到英靈的氣息自房內消失。

「……唉。」

黃金的壓迫感消失後，魔術師深深嘆口氣。

從靈除了本體英靈所保有的技能之外，在降世職別確定的時候還會根據不同的職別另外追加新的技能。Assassin的『隱蔽氣息』、Caster的『陣地製作』，以及Saber、Rider的『騎乘』都屬於這類技能。同樣的，獲得Archer職別而降臨的從靈則會被賦予『單獨行動』的特殊技能。

這種技能可以讓從靈在沒有召主供應魔力的狀態下，進行某種程度的自主行動。比如在召主想要發動自身所有魔力施行大魔術的時候；或是召主負傷，無法供給充足魔力的時候，這種能力就非常重要。可是反過來說，召主想要完全支配從靈就顯得困難許多。

成為Archer的基爾加梅修擁有相當於A級的單獨行動能力。如此高等的技能讓他不只能夠維持現世的形體，從戰鬥以至於使用寶具……一切行動都能在沒有召主支援的情況下順利行使……但是基爾加梅修自恃擁有這項能力，對時臣的意見完全不屑一聽，平時常常在冬木市任意四處閒逛。時臣與他的聯繫線路始終被隔斷，完全無法掌握自己的從靈在哪裡做什麼事。

時臣除了自己的世界之外，對其他事物幾乎沒有任何興趣。對他而言，他一點都不了解像英雄王這樣的偉大人物漫步人間、涉獵凡人的生活，究竟有什麼樂趣可言？

「算了，事情暫時先交給綺禮就可以了——目前一切都還依照我的計畫進行。」

時臣低笑，從窗戶望著庭院。潛伏進來的Assassin消滅的地方因為過度的破壞，土石都已經被翻攪開來，整個庭院唯獨那一塊呈現出有如遭受轟炸般的慘狀。

× ×

Assassin就這樣簡簡單單退場，大出韋伯的意料之外，讓他吃了一驚。

「Assassin——被殺了？」

他的視覺原本在觀看遠坂家的庭院，周遭風景一變之後，視線又回到熟悉的自己房間……也就是目前他寄居的老夫婦家二樓房間。他剛才閉著眼睛看到的影像是藉由干涉他派出的老鼠使魔的視覺所捕捉到的。這種程度的魔術以韋伯的才能來說一點都不算什麼。

在聖杯戰爭的初期，韋伯採用的策略當然是從監視間桐家和遠坂家開始。雖然郊外的森林裡還有艾因茲柏恩的別墅，但是北地的魔術師似乎還沒到達日本，現在還用不著花精神監視一棟空屋。

間桐與遠坂兩家目前表面上都還沒有任何動靜。韋伯原本是抱著一絲期待，希望哪個召主耐不住性子殺進遠坂家或是間桐家，才會繼續監視的，沒想到居然正中下懷。

「喂，Rider。有進展啦，立刻就有一個人出局了。」

韋伯大聲叫喚，但是躺在地板上的巨漢連頭都沒有回，只是有氣無力地嗯了一聲。

「……」

韋伯覺得很不高興。

這間房間好歹算是他的房間——嚴格說起來應該是別人家，這時候就暫且不論——這樣一個粗裡粗氣的肌肉男日復一日，一天到晚賴在床上的樣子實在讓韋伯渾身不自在。就算韋伯命令他沒事的時候化為靈體，可是Rider只回了他一句『有身體比較舒服』，就這樣老是現出巨大的身形。從靈實體化的時間愈長，召主必須對從靈提供的魔力消耗也愈多，對韋伯來說一點好處也沒有，但是Rider卻完全不理會這件事。

Rider不惜消耗韋伯寶貴的魔力，究竟在做些什麼？說到這一點就讓人難以忍受了……事實上他什麼也沒做。就像現在，當韋伯正在努力進行偵查行動的時候，他也只是怡然自得地支頤躺著，悠悠哉哉地啃著煎餅，專心觀賞租來的錄影帶。用膝蓋想都知道，世上哪有這種從靈。

「喂，你到底聽見了沒有？Assassin 被幹掉了，聖杯戰爭已經開始啦！」

「嗯〜〜〜〜〜。」

「……喂。」

幾乎惱羞成怒的韋伯嗓音一變，Rider 才終於懶洋洋地回頭轉過上半身。

「你啊……一個小小的暗殺者算得了什麼？只不過是個除了藏頭藏尾之外一無是處的鼠輩，根本不可能是朕的對手。」

「……」

「別管他了。小子，你看看這個，這個才精采啊。」

Rider 的語氣一變，指著映像管螢幕興奮地說道。現在錄影機正在播放的片子是『世界航空戰力實錄・Part 4』……只要是這類軍事迷喜好的資料，不管是文獻還是映像，Rider 都一一照單全收。當然實際出門採買蒐集是韋伯的任務。因為如果韋伯不去，巨漢從靈就要自己跑去書店或是錄影帶出租店，做召主的哪放得下心。

「你看，這個又黑又大，叫做B2的玩意兒真是太了不起了。朕想買個十架，你覺得怎麼樣？」

「……拿這筆錢直接去買個國家肯定還比較快啦……」

韋伯隨便丟下一句話。Rider 一聽，神情認真地沉吟道。

「資金的籌措果然是個問題阿……不曉得這個世界有沒有像波斯波利斯那樣富庶的都市，如果有的話就能馬上動手掠奪了。」

看來這位大帝為了實現征服世界的野心，從現世之後一直在研究現代戰爭。聖杯所賦予的知識也有限，比方說一架隱形轟炸機要價多少錢，想必就不包括在內吧。

「不論如何，這個叫做柯林頓的男人是眼前最大的敵人。他可能會成為自大流士王之來最難纏的對手。」

「……」

自從召喚這個從靈之後，韋伯的胃痛始終好不了。就算哪天給他順利拿到聖杯，到時候說不定已經鬧出胃潰瘍了。

韋伯把眼前的巨漢從腦海中趕出去，採取更加正面的思考方式。

總而言之，Assassin 第一個被淘汰是一件值得慶幸的好事。韋伯也很清楚自己的從靈 Rider 在戰術上屬於正面突擊的戰力。這麼一來，會對我方造成威脅的就是使用奇策趁人不備的敵人，當中最具代表性的就是 Assassin。如果要說神祕難以捉摸的話，Caster 的從靈也是個麻煩。不過 Assassin 能夠無聲無息地潛伏接近，仍是他們目前最直接的威脅。

Saber、Archer以及Lancer等三大騎士職別以及只會發狂胡鬧的Berserker都不足以畏懼。憑Rider的能力以及寶具，光靠武力就可以一一取勝。接下來只要再查出Caster的真實身分——

「……然後呢？Assassin是怎麼被殺的？」

「……嗄？」

Rider慢慢地撐起身子，盤起雙腿坐定。突然扔了一個問題給韋伯。

「朕在問你是誰打倒Assassin，你不是有看見嗎？」

韋伯吞吞吐吐，說不出話來。他看是看見了，可是那到底是什麼？

「我想……那應該是遠坂的從靈吧。那傢伙不管是長相外貌，或是攻擊方式都金光閃閃，非常誇張。而且事情就發生在一瞬間，我也搞不清楚究竟是什麼狀況……」

「那些才是你該注意的事情，笨蛋。」

韋伯才聽到Rider無奈地說著，突然感覺到有什麼東西啪地一聲在雙眉間炸開，出乎意料的疼痛與驚愕讓他嚇軟腳，跌了個人仰馬翻。

那是Rider的中指，他用拇指指腹勾住中指指尖之後彈出，也就是人稱彈額頭的招數。當然Rider並沒有使力，不過他的手指如同松樹的樹根一般粗壯，只是輕輕一彈就力道十足，把韋伯的細皮嫩肉彈得又紅又腫。

他又施暴了，又對韋伯進行人身攻擊。恐懼和惱怒奪走韋伯說話的理智，讓他陷入一陣錯亂。這是韋伯第二次被自己的從靈毆打，也是人生中的第二次。

韋伯氣得呼吸不順，嘴巴又開又闔。Rider對召主失去冷靜的模樣毫不放在眼裡，深深地用力嘆一口氣。

「你這小子。朕將來要是出戰，對手當然是打贏戰鬥還活著的人。你不好好觀察活下來的人，去注意一個死人做什麼？」

「……」

Rider的糾正很正確，讓韋伯無話可說。雖然他不想被一個成天躺在家裡讀書、看錄影帶、吃點心的從靈指指點點。但是今後他們面臨的問題的確不是戰敗消滅的對手，而是依然存活的敵人。

「算了，不管啦。你看到那個什麼金光閃閃的人，有沒有覺得任何奇怪的地方？」

「可、可是……」

一切就只發生在那一瞬間，他哪能看得出什麼？

總之，韋伯知道殺死Assassin的招式是寶具的攻擊。即便是透過使魔的雙眼，他也能看到龐大的魔力爆發。

但就算知道那是寶具的攻擊，那些如同傾盆大雨般朝著Assassin落下的無數件武器又是怎麼回事……？

「……欸，Rider。一般來說從靈的寶具應該只有一種對吧？」

「原則上是這樣沒錯。偶而會有一些特殊的英靈擁有二、三種寶具，就好比像朕伊斯坎達爾這樣的英靈。」

聽Rider這樣一說，韋伯想起來Rider現身的那天晚上讓韋伯見識寶具的時候，曾經說過他另外還有其他王牌。

「但是用數量的多寡去估量寶具毫無意義。你也知道，所謂的寶具是與某位英靈有關，而且特別出名的故事或是軼史，不一定會是武器的模樣。『一件寶具』這句話的意思可能如同字面上所示，是指一件武器，也有可能是指一種特殊能力，或是一種攻擊手段。」

「……那麼也有能夠射出十支、二十支劍的『寶具』嗎？」

「無數分裂的劍嗎？嗯，是有這個可能。一種能夠將大量武器定義為單一『寶具』的能力。」

「……」

話雖如此，打倒Assassin的寶具又不太一樣，韋伯藉由使魔的雙眼看見的投射武器沒有一件是相同的。那些武器並不是分裂出來，它們各自原本就是單一的武器。

那些武器果真全都是寶具嗎？但那是不可能的，擊殺趴伏在地的Assassin的兵刃數目可不是只有二支、三支而已。

「算啦，敵人的真面目等哪天打了照面的時候自然就知道了。」

Rider爽朗地大笑，一掌拍在陷入沉思的韋伯背上。

衝擊力道從脊椎骨震到前胸肋骨，讓矮小魔術師差點嗆到。這次的擊打雖然沒有讓韋伯有被羞辱的感覺，不過這種粗暴的肢體交流還是讓他覺得敬謝不敏。

「這，這樣真的好嗎？」

「當然好！這樣才讓人覺得興奮。」

Rider露出充滿傲氣的笑容說道。

「吃飯和性愛、睡眠和戰鬥。凡事都要享受，這才是人生的祕訣，不是嗎？」

「……」

韋伯一點都不覺得這幾件事有什麼愉快。不，其中兩件事他根本沒有體驗過。

「好了，差不多也應該到外面去找找樂子了。」

巨漢從靈伸個懶腰，扭轉脖子發出咖拉咖拉的聲響。

「上陣了，小子。快去準備。」

「上，上陣……？要去哪裡？」

「就在這附近隨便找個地方。」

「你開什麼玩笑啊！」

Rider站起身子，從接近天花板的高度俯視韋伯的怒顏，微笑道：

「監視遠坂居所的人不會只有你一個。那麼他們一定都已經知道Assassin死了。如此一來，之前一直提防被偷襲而不敢輕舉妄動的人一定會同時有所動作。朕要把他們找出來，見一個殺一個。」

「你說見一個殺一個……事情會這麼簡單嗎？」

「朕乃是Rider。舉凡與『機動力』有關的事情當然不是其他從靈所能夠比得上的。」

Rider高聲長嘯，就要從腰間佩帶的劍鞘中拔出配劍。韋伯發覺他想要叫出那件寶具，急忙制止。

「住手住手住手！房子會被你震垮啦！」

××

冬木教會位於冬木市新都郊外的小山丘上。今晚有一位訪客依照預定計畫出現了。

「——遵循聖杯戰爭的約定，言峰綺禮要求聖堂教會保護我的人身安全。」

「我接受。依照監督者的職責，言峰璃正將會保證你的安全。來吧，請進。」

對早就已經彼此串通好的兩人而言，這段對話簡直就像是一齣讓人失笑的鬧劇，可是教會門前還是可能有他人的耳目監視。言峰璃正表情依然肅穆，扮演一個公正不阿的監督者，將同樣扮演一名落敗召主的兒子帶進教會中。

在冬木市有許多外來居留者，利用教會設施的人比其他城鎮多。這間冬木教會雖然位於遙遠的東方之地，建築格局的講究與壯麗卻不亞於信仰發源地西歐。但是提供一般信仰者休憩場所只是它表面上的偽裝，事實上這間教會原本就是聖堂教會為了監督聖杯戰爭所建立的據點。靈脈的等級也是排名第三，可以與此地的第二管理者遠坂家的宅邸相比擬。

來冬木教會赴任的神父當然必定都是第八祕蹟會的成員，他們受命必須監督召主與從靈之間的激戰。換句話說，三年前開始在這間教會為一般信徒執行日常祭祀儀式的人正是言峰璃正本人。

「似乎一切進行得很順利。」

將綺禮領進教會深處的司祭室之後，璃正神父不再演戲，若有深意地點頭說道。

「父親，有沒有人在監視這間教會？」

「沒有。這裡是中立地帶，保證不會受到侵犯。如果有召主多加干涉的話，就會受到來自教會的糾舉。不會有人明知會招惹麻煩還花心思監視戰敗者。」

「那麼這裡應該很安全了。」

璃正讓綺禮坐下。綺禮就座後，深深吐了一口氣，然後——

「——為了預防萬一，不可以放鬆戒心。派一個人常駐在這裡。」

他以冷峻的命令口吻不知道對什麼人說著。他當然不是在對父親說話，在一旁的璃正神父對兒子怪異的發言似乎也不以為意。

「……還有，之前監視現場的人是誰？」

「是，就是我。」

綺禮看來好像對著空氣問話，但這次卻有人回應。那是一位女性，有一位女性驀然從房間角落的陰影中現身。

綺禮與璃正都對她的裝扮毫無反應……可是，那位女人的裝扮卻代表著一位原本不應該存在的人物。

一襲黑色長袍包裹著矮小、曲線柔和的身軀，臉上戴著最具代表性的骷髏面具。這一身打扮在在顯示她就是暗殺者的英靈哈桑．薩巴哈。

「Assassin死的時候，在場的使魔有四種不同的氣息，推斷至少有四位召主親眼看到那時候的景象。」

「嗯……還少一個人嗎？」

綺禮若有所思地瞇起眼睛，轉頭看向父親。

「父親，『靈氣盤』的的確確感應到有七位從靈現世對嗎？」

「嗯，千真萬確。最後的從靈『Caster』在昨天已經現世了。雖然還是一樣沒有收到來自召主的通知，但是此次聖杯戰爭的從靈確實已經全部到齊了。」

「是這樣嗎……」

站在綺禮的立場，他本來希望能夠讓五位召主全部看到今晚這齣鬧劇。

「而且參加聖杯戰爭的召主都知道在現在的局面下，監視三大家的宅邸是最基本的策略。」

在一旁隨侍的骷髏女人——毫無疑問絕對是哈桑．薩巴哈的人物開口說道。

「如果是連這一點心思都沒有的人，根本不可能有能力防備『我們（Assassin）』。就結果來看，應該沒有任何問題。」

「嗯。」

召主言峰綺禮如果已經失去從靈的話，那麼刻在他手上的令咒應該在沒有使用的狀態下直接消失。可是那三道聖痕現在依然明顯刻劃在他粗壯的手背上。

也就是說……Assassin的從靈尚未消滅。現在隨侍在言峰父子身邊，戴著面具的女人是否就是真正的哈桑．薩巴哈呢？

「讓那個男人送死，妳覺得很可惜嗎？」

聽見言峰如此問道，戴著面具的女人冷漠地搖搖頭。

「雖然身為『我們（Assassin）』中的一員，那個薩伊德也只不過是個不值一哂的平凡角色。就算喪失他一個人，對我們全體也沒有多大的影響。只是——」

「只是……怎麼樣？」

「雖說沒有多大的影響，可是損失依然還是損失。說起來就像是少了一根手指。我希望他的犧牲不會是毫無意義。」

綺禮很敏銳地聽出這個女人雖然語氣恭敬，但是內心卻感到強烈的不滿。當然這點不能怪她。

「這不會是毫無意義。犧牲一隻手指，其他召主已經被你們完全蒙在鼓裡。所有人都以為Assassin已經淘汰了吧。妳認為這樣會對以隱身為主要戰略的你們帶來多大的優勢？」

「是，您說的沒錯。」

黑衣女深深垂首。

這次闇影的英靈將會成為任何人都無法預料的威脅，潛伏到那些以為Assassin已經被排除，因而放鬆戒心的敵人身後。任誰都想不到以落敗召主的身分逃進教會的男人身邊，Assassin的從靈竟然依然在側。

即使是在這場名為聖杯戰爭的奇蹟競爭戰當中，顯然這也是一種怪異的狀況。

哈桑・薩巴哈這個名字所代表的人確實並非單指某一位的英靈。哈桑的意思是「山中老人」，同時也是「Assassin」的語源。這個名字只是中東某個暗殺集團歷代首領所承襲的稱號罷了。也就是說，歷史上有許多自稱為哈桑的英靈。有女性的哈桑當然不是什麼奇怪的事情。

但是聖杯戰爭的大原則是能召喚的英靈僅限於一人。雖然從其他召主身上搶奪支配權，因而擁有兩位從靈的狀況在理論上並非不可能。即使如此，手下同時有兩位以上Assassin，這明顯有違聖杯戰爭的原則。

「無論情況如何，總之如此一來戰端已經開啟了。」

老神父態度嚴謹地高聲說道，在他的語氣中對十拿九穩的勝利充滿期待。

「第四次聖杯戰爭即將開始，看來我這把老骨頭這次終於能夠親眼見到奇蹟發生了。」

綺禮內心的溫度無法共同分享父親的熱情。他默不作聲，只是看著司祭室黑暗的一隅出神。不管其他人怎麼想，他所期待的聖杯戰爭根本連開戰的跡象都還沒有。

沒錯，言峰綺禮在等待的目標只有一個人——衛宮切嗣，而他到現在還沒出現在這片冬木之地。

後記

同人遊戲社團Type Moon在二〇〇〇年以同人遊戲『月姬』掀起一陣旋風。之後他們選擇創業做為社團的下一步，在二〇〇四年推出第一款商業作品『Fate/Stay Night』。

這部作品在當時已經備受矚目，但是那時候應該沒有任何人真正預料到『Fate/Stay Night』會對七年後的現在造成多大的影響。

這部作品打破許多舊有的藩籬，也創造了許多嶄新的風潮。而我同樣也被這股風潮影響，大大改變了我人生的方向。

有許多人就算沒聽過奈須蘑菇、武內崇或是Type-Moon這些名詞，應該也曾聽過『Fate』的標題。也有很多人就算不知道『Fate』是什麼，應該也曾經看過一名身穿銀藍色鎧甲的金髮少女的插圖或是模型吧。

這道以Fate為名的震撼所引起的海嘯餘波就是這麼深遠。

創作物的影響範圍有時候連創作者本身都始料未及。在創作Fate/Zero的當時，其實我並不喜歡這種結果帶來的混亂狀況。奈須蘑菇一定曾經害怕作品擺脫自己的掌握並且失控，也盡量避免這種事情發生。身為他的朋友與同行，這些心情我感同身受。

Fate/Zero既然是由Fate所衍生出來的作品，因此我們希望它只屬於了解Fate的讀者。這就是我們之前一直堅持不讓Fate/Zero在一般書店上架，僅限於同人誌店鋪販賣的原因。會特地跑去同人誌店鋪的讀者，應該不至於對Fate完全一無所知吧，或者用網路搜尋並且線上買書的人也是一樣。可是一旦擺上一般書店的書架，事情就完全不一樣了。一般書店提供一個場所，讓偶然走過書架前的讀者一眼受到封面的吸引而買下某位陌生作者的書。既然不確定書架上的書會被什麼樣的人買走，書本的內容就必須「讓任何人都看得懂」，用一段「本書不適合沒看過Fate的讀者」的說明文搪塞是一種不負責任的做法。

但是在Fate/Zero結束後三年，這種想法卻有了變化。

其中最大的原因是我有更多的機會接觸讀者的感想。讓我覺得驚訝的是結果和我們之前所想的完全不一樣——有很多人是先看了Fate/Zero，對故事的原典產生興趣而回頭去玩Fate/Stay Night。其實我們本來沒有期待Fate/Zero能夠成為所有故事的起點，因此拙作竟然獲得這種意外的成果，老實說這是當初完全沒想到的。

另一個原因與二〇一〇年推出的『Fate/Extra』有關。在開發階段的時候，我就曾經聽說過這款遊戲的企劃概念，以一種嶄新又刺激的角度重新詮釋聖杯戰爭，對全新聖杯戰爭的期待成為推動我的力量，而事實證明『Fate/Extra』也確實是一部很成功的作品。

七年過去，Fate的創作並沒有就此結束，反而成長為一種傳說級的創作主題，從各種不同的角度反覆講述。今後也會有許許多多召主用令咒驅策英靈的故事藉由遊戲、文字與影像的型態創作出來吧。總有一天，或許人們再也不會把『Fate』當成一款作品的標題，而是一種娛樂的種類。為了讓Fate世界更加豐富熱鬧，最好的方式當然是讓觀眾更大更多樣接觸這個世界的入口。

因為想法有了這樣的改變，所以我答應讓『Zero』改編成動畫，同時原著小說也改為文庫本，在一般書店流通。原本『Zero』是在主餐『Stay Night』之後所準備的甜點。不過或許它不屬於嚴肅的套餐料理，反而更適合所有菜色一次全部擺上桌的熱鬧自助餐。除了『Zero』之外，其他還有『Extra』和『unlimited』，菜色多彩多姿，能夠讓觀眾依照自己的喜好盡情挑選喜歡的餐點。

以前我曾經說過Fate是我作家人生當中的一大轉機，這種說法絕對不是一種誇大的形容。

當時我內心對創作活動抱持糾葛與掙扎，就在創作 Fate/Zero 的時候讓我找到了答案。因為身為作家的自我意識太過強烈，曾經讓我給自己太大的壓力，是這部作品拉了我一把。那些「想要成為什麼樣的作家」、「想要得到讀者何種評價」的念頭和「想要寫出什麼樣的作品」相比之下顯得既虛妄又渺小。更重要的是，應該抱持一種「我想要如何創作」的意識。連創作者自己都不覺得感動的作品，當然不可能打動讀者。換句話說，我認為作者要給讀者看的不是一板一眼的服務或是百依百順的自我奉獻，而是那股驅使自己下筆成章的創作熱情與動機。帶領曾經迷惘的我走到今天這一步的，就是這套 Fate/Zero。

朋友曾經揶揄我，別人時常把 Fate/Zero 這部二次創作的作品當成虛淵玄的代表作，而不是我其他自創作品。但是我對這一點從不覺得有任何罪惡感或是不服氣。我自認在這部作品中投入了我所有的一切，努力之後的結果也讓我獲得相當的收穫。人們記得虛淵玄是創作這套書的作者，對我來說是無上的驕傲與榮耀。

對於那些在路邊的書店裡無意間被本書封面吸引，而且一直看到後記這一頁的讀者們，在此我有句話要先敬告各位。

本作全套總共有六冊。如果諸位讀者大德喜愛本作，願意繼續購買閱讀的話，在看完最後一集之後，各位恐怕會感覺到強烈的不滿足感吧。這只是因為各位把原本是餐後甜點的料理拿來當作前菜先吃掉了。

主餐『Fate/Stay Night』是一款文字冒險遊戲。請各位先在電視機旁準備一台Play Station 2，然後到離家最近的遊戲商店跑一趟。現在『Fate/Stay Night [Realta Nua]』有最完整的故事內容，而且價格也很親民。

『Zero』當中沒有提及的結局、失去的未來以及讀者渴望知道的所有答案都在『Fate/Stay Night [Realta Nua]』等著各位去探求。

Fate正如其名，是一連串關於「命運」的故事。

有人曾經依循命運，之後卻對命運的是非與否感到煩惱。

有人曾經抗拒命運，之後卻要為抵抗付出代價而贖罪。

有人面對命運，之後開始追尋命運的理由。

人生總是不如己意——這是一段建立在憤怒與哀愁上的抗爭故事，同時也是一曲讚美歌，祝福那群準備面對現實而犧牲奉獻的人們。

在您走進Fate繽紛絢爛的世界時，如果本書能夠成為領航員，為您指引方向的話，那真是身為作者最大的幸福了。

二〇一一年一月　虛淵玄

浮文字

Fate/Zero 1 第四次聖杯戰爭秘譚

（原名：フェイト／ゼロ 1 第四次聖杯戦争秘話）

作者／虛淵玄 插畫／武內崇・TYPE-MOON 譯者／hundreder
榮譽發行人／黃鎮隆 總經理／陳君平
經理／洪琇菁 國際版權／黃令歡
總編輯／呂尚燁 美術主編／陳又荻
企劃宣傳／楊玉如、洪國瑋
出版／城邦文化事業股份有限公司 尖端出版
台北市中山區民生東路二段一四一號十樓
電話：(〇二)二五〇〇七六〇〇 傳真：(〇二)二五〇〇二六八三
E-mail：7novels@mail2.spp.com.tw
發行／英屬蓋曼群島商家庭傳媒股份有限公司城邦分公司 尖端出版
台北市中山區民生東路二段一四一號十樓
電話：（〇二）二五〇〇－七六〇〇（代表號）
傳真：（〇二）二五〇〇－一九七九
北部經銷／祥友圖書有限公司
電話：（〇二）八五一二－三八五一
傳真：（〇二）八五一二－四二五五
中部經銷／楨彥有限公司
電話：（〇二）八九一九－三三六九
傳真：（〇二）八九一四－五五二四
雲嘉經銷／智豐圖書股份有限公司 嘉義公司
電話：（〇五）二三三－三八五二
傳真：（〇五）二三三－三八六三
南部經銷／智豐圖書股份有限公司 高雄公司
電話：（〇七）三七三－〇〇七九
傳真：（〇七）三七三－〇〇八七
一代匯集／香港九龍旺角塘尾道六十四號龍駒企業大廈十樓B＆D室
電話：（八五二）二七八三－八一〇二
傳真：（八五二）二七八二－一五二九
馬新總經銷／城邦（馬新）出版集團 Cite(M)Sdn.Bhd. (458372U)
E-mail：Cite@cite.com.my
法律顧問／王子文律師 元禾法律事務所
台北市羅斯福路三段三十七號十五樓
二〇一三年十一月一版一刷
二〇二一年十一月一版八刷

■中文版■

郵購注意事項：
1. 填妥劃撥單資料：帳號：50003021戶名：英屬蓋曼群島商家庭傳媒(股)公司城邦分公司。2. 通信欄內註明訂購書名與冊數。3. 劃撥金額低於500元，請加附掛號郵資50元。如劃撥日起 10～14日，仍未收到書時，請洽劃撥組。劃撥專線TEL：(03) 312-4212 ・ FAX：(03) 322-4621。E-mail：marketing@spp.com.tw